한국 희곡 명작선 122

보라색 소

한국 희곡 명작선 122

보라색 소

장창호

평민사

장창호

보라색 소

나오는 사람

시옷 - 아무래도 남자 같다(여자라도 상관없다)
들 - 어쨌거나 여자 같다(남자라도 상관없다)

빈 무대. 광야라고 할 만한 곳에 여러 갈래의 길이 나 있다. 사방 벽면에 길의 이미지를 사용해도 좋다. 길은 보이다가 안 보일 때도 있고, 특정한 길이 도드라져 나타나기도 한다. 장치는 어둠 속에서 드러났다가 슬그머니 사라지기도 한다. 의상이나 분장은 배우가 덧입거나 벗을 때를 고려해서 기본 - 들의 경우, 옷은 검은 계통이지만 얼굴이나 드러난 피부에는 보디페인팅으로 원초적인 느낌을 줄 수도 - 을 갖추거나 말거나. 조명은 시간을 구분하는 용도로 쓰지 않았으면 하고, 배우들의 움직임에 따라 특정한 부분을 강조하거나 말거나. 소품은 마임으로 표현하면 좋겠으나 마술 기법이나 스태프에 의해 전해져도 무방하다. 할 수만 있다면 허공이나 바닥 어디든 숨겨두고 쓰거나 말거나. 다만 '음악/음향'은 정적과 침묵의 순간을 제외하곤 배우의 대사나 움직임에 따라 적극적으로 활용했으면 한다.

제1막

들, 길을 걷는다. 뛰어가다 넘어지고, 일어서고, 기어가다가, 제자리를 뛰거나, 빙빙 돌다가 앉는다. 천천히 일어선다. 시옷 – 선글라스를 끼고 반려견 포대기를 맨 – 약간의 사이를 두고 들어온다. 들의 행동을 따라 하다가 한 번쯤 다르게 해본다. 동작은 얼추 반복되며 서로를 의식하긴 해도 연결된 감정은 느껴지지 않는다.

시옷 (허밍) 우우우우우 우우우우우우 우우우우우 우우우우우 우우우우우우 우우우우우우.

들 고독신이 강림하셨나?

시옷 이러다 보면 어둠이 걷히고 희미한 빛이 보이더라.

들 사람이라곤 쥐뿔도 없는 여기서?

시옷 나는 네 앞에 있고, 내 앞엔 네가 있는데? 넌 언제 왔어?

들 네가 올 때 같이 왔지. 여기도 거기처럼 구두를 신었다 벗었다, 모자를 씌웠다 빼앗았다 하는 새에 세 놈이 지나가더군.

시옷 내 기억으론 둘인데?

들 셋이라니까. 뚱뚱한 놈, 길쭉한 놈, 그리고 우리 둘 중 하나.

시옷 넌 기억력이 달려. 한 놈이라고 하기엔 아주 작은 녀석이 있었지. (어린이 목소리로) 코모도 씨가, 오늘은 오지 않는데

	요. 그 슬픈 연극 말야.
들	난 웃기던데? 가느다란 나뭇가지에 목을 매단 꼴이, 너 같아서.
시옷	설마?
들	코모도 씨라고? 넌 갓뎀이라 했잖아? 기다리기만 하던 두 사람이야 코모도라 했겠지. 그 꼬맹이도 사람은 아닐 거니까. (객석 쪽을 두루 가리키며) 저 나무들처럼. 천둥벌거숭이로 오래만 사는 저것들.
시옷	(객석의 여기저기를 가리키며) 저게, 저것들이 나무라고?
들	다리나 꼬리는 땅에 처박고 게슴츠레 해를 보며 사는 존재들. 맴씨가 올라타면 울도록 업어주고, 풍씨가 불면 부는 대로 손 흔들고, 물씨가 스며들면 발가락을 요만큼만 꼼지락거려 빨아먹고. 죽씨 같은 치들은 일생에 한 번 꽃을 피우고는 제 옆에 있는 죽씨들까지 꽃이 피게 해서 같이 죽는다잖아. 너도, (시옷의 여기저기를 가리키며) 이것, 저것, 그것처럼 둥치와 가지와 이파리를 흔들며 멍때리다가….
시옷	멍, 머엉하다가 결국엔?
들	갇히고 말았지, 이 울타리 안에. 둘이 있으니 하고 싶지?
시옷	몇 번씩은 곤란해, 시금치를 좋아하는 것도 아니고. (포대기를 들어올리며) 얘랑도 놀아야 하니… (사이) 없다! 안 보여. (포대기를 흔들며) 오! 나의 한쪽? (소리친다) 자두야! 자두야! 내 자두야.

메아리.

들 돌아오겠지, 늘 그랬으니까.

시옷 (사방을 둘러보고) 멀리 갔으면 어떡해! (손거울을 보며) 왜 이렇게 창백하지?

들 (허공을 가리키며) 코끝을 찔러 넣어봐. 그리고 쭈쭈쭈쭈 부르면 되지. 이번에 집 나간 강아지는 수컷이야? 걔라면 불러도 소용없어. 한번 나가면 떡이 되기 전엔 안 돌아오니까.

시옷 온몸에 지린내를 묻히고도 돌아만 온다면야, 똥꼬도 세 번씩 닦아줄 텐데.

들 애가 탈 땐 뭐든 마셔.

시옷 참! 여기 자두와 나눠 먹던 게 있지.

시옷, 포대기 속에서 마실 것을 꺼낸다.

시옷 폼 좀 잡고!

시옷, 강아지가 볼일을 볼 때처럼 등을 말고 뒤뚱거리며 마신다. 그래도 화를 삭이지 못해 울타리 안을 뱅뱅 돌며 왔다 갔다 한다. 마시던 것을 엎지른다.

들 했네 했어. (옷을 턴다)

시옷 얼룩이 누렇다.

시옷, 들의 얼룩진 옷에 코를 박는다.

들　　　(밀쳐내며) 마저 마시기나 해.

시옷　　나한테 말한 거야?

들　　　여기 누가 또 있니?

시옷　　(들을 가리킨다)

들　　　사람이라곤 너밖에 없네.

시옷　　(객석 쪽을 가리킨다)

들　　　그쪽은 숲이야.

시옷　　이왕 손가락을 폈으니 뭐든 찔러보자. (살살 찌른다)

들　　　지랄하네.

시옷　　지랄도 염병이지. (들을 가리킨다)

들　　　염병. (시옷을 가리킨다)

시옷과 들, 서로를 쳐다보곤 천천히 물러선다.

시옷과 들　(동시에) 넌, 누구니?

사이.

시옷과 들　(동시에) 여기 누가 또 있어?

사이.

10

시옷과 들 (서로의 귀에다 은밀하게) 지랄도 염병이야.

사이.

시옷 (가리키며) 넌….

들 난 나고, 넌 언젠간 내 거.

시옷, 들을 안으려 하자 들, 피한다.

시옷 난 내 거야! 똑똑히 봐. (손거울을 보며) 이 창백한… (손거울을 넣고 이리저리 살피다가 선글라스를 벗고) 보라고!

들 여태 그걸 꼈으니 세상이 시퍼렇게 보였지. 낯빛이 복숭아야. 보기 좋네. 그러니 넌 내 거야.

시옷 (선글라스를 다시 끼며) 지랄하네.

시옷과 들 (서로에게 은밀하게) 지랄도 염병이야.

사이.

시옷 하나 물어보자.

들 (허공을 가리키며) 날아가는 새한테 물어봐.

시옷 (새를 부르듯, 손으로 입 모아) 새야! 한 가지 물어볼게.

들 (양팔과 손을 저으며, 새소리) 옹, 물어봐. 물어봐. 찌찌뽕뽕 찌뽕뽕.

11

시옷   (들을 가리키며) 얜 누구니?

들   (여전히 새소리) 누구냐고? 내가 누구냐고? 나, 찌찌뽕뽕 넌, 찌뽕뽕.

시옷   난 뭐라고?

들   찌뽕뽕.

시옷   넌?

들   찌찌뽕뽕.

시옷   아무래도 넌….

들   찌.

시옷   찌.

들   찌.

시옷   뽕.

들   아니, 찌.

시옷   찌. 이제 뽕?

들   응, 뽕.

시옷   또 뽕?

들   응, 뽕.

시옷   찌찌뽕뽕?

들   응, 찌찌뽕뽕.

시옷   그럼 난?

들   찌뽕뽕.

시옷   난 왜 찌가 하나 적어?

들   찌찌뽕뽕에서 찌 하나를 뺐으니 찌뽕뽕이지. 바꿔서 하

	자. 넌?
시옷	찌.
들	응, 찌.
시옷	찌.
들	응, 찌.
시옷	뽕.
들	응, 뽕.
시옷	뽕. 찌찌뽕뽕.
들	맞아. 넌 찌와 찌, 뽕과 뽕이야.
시옷	노선을 바꾸니까 헷갈리네. 이번엔 내가 찌뽕뽕, 같았는데?
들	네가 찌찌뽕뽕이야.
시옷	내가 왜?
들	난 찌뽕뽕이고.
시옷	찌찌는 네가 있는데 내가 찌찌뽕뽕?
들	너도 있어. 콩알보다 작아서 그렇지. 아귀한테 빨린 뒤에 샘이 말라버린 흔적이지. 아버지 날 낳으시고 어머니 날 기르시니, 몰라?
시옷	넌 엄마가 되었다고?
들	함부로 말하지 마. 엄마 아냐.
시옷	그럼 뭐가 될 건데?
들	곧장 할머니 될래.
시옷	네 아이가 아이를 낳아야 할머니가 되지.
들	난 이미 아이가 있어, 무지막지한 애어른.

시옷 누군데?

들 (시옷을 쿡 찌르며) 얘.

사이.

시옷 맞아! 아이를 낳은 적이 있어. 버리기도 했고.

들 버렸다고? (벌떡 일어선다) 내 옷! 단벌인데.

시옷 그거야 여기저기 있지. 창고에 처박혔다가 나온, 박쥐 날
개 같은 옷.

들 (객석을 가리키며) 저 식물들 땜에 어쩔 수 없이 입고 다녀,
내가 그거라서.

시옷 그거? 그게 뭐니?

들 나? 네 앞에 있는 존재. 넌?

시옷 내가 누구냐고 물은 거야? 틀림없이?

들 응.

시옷 (시무룩해져) 난, 나야, 네 앞에 있는 사람. 아무래도….

들 너와 난….

시옷 우리가 된 거지. 우리, 울타리. 거기 갇혔지. 울타리를 치우
자, 남이 되게.

들 그게 소원이었구나.

시옷 그냥 해보는 거지, 심심하니까.

들 좋아.

시옷과 들, 울타리를 뛰어넘는다. 울타리의 끝을 잡고 다시 자신들을 안에 두고 바깥쪽에다 울타리를 친다. 어쩌다 보니 시옷은 울타리 안에, 들은 울타리 밖에 있다.

시옷   왜 거기 있어?

들   우사에 갇힌 소꼴이네.

시옷   누런 소?

들   황소 말고.

시옷   소가 누렁이 아니면 까망이지. 황우거나 흑우.

들   한 번 더 맞춰 봐.

시옷   무소, 숫타니파타에도 나오는.

들   무소든 하늘소든 소의 색이 뭐냐고? 색깔을 알아야 소를 알아볼 것 아냐?

시옷   흰 소겠지. 저 남쪽에서 본. 누런 소 아니면 검은 소, 그것도 아니면 흰 소야. 물감이야 뭐든 섞어서 색을 만들 수 있지만, 소의 색을 사람이 만드는 건 아니니까. 참! 얼룩소도 있네. (사이) 아냐, 그건 흰색에 누렇거나 검은 점이 찍힌 얼룩이지.

사이.

시옷   넌 내가 찾는 소의 색이 뭐냐고 물은 거지?

들   소도 사람처럼 색이 있으니까.

15

시옷   세 가지 색이 맞는 것 같아. 황색, 흑색, 백색. 소의 색도 사
          람과 같아!

          사이.

시옷   그렇지?

          침묵.

시옷   넌 말이 없는 게 탈이야. 그러다가 한번 말하기 시작하
          면… 지금 말문이 터지기 직전이지? 맞지?
들   너, 좀 전에 뭐랬어?
시옷   색깔을 맞췄지. 아주 오래되거나 최근에 발견한 색까지
          세 가지나 되더라고.
들   그게 아닌데, 우린 색에 빠져버렸어. 첨부터 넌 기다리던
          일을 집어치우고 무작정 밖으로 난 길을 따라온 거잖아.
          혼자 가라, 혼자 가야 뭔가 안다고 그렇게 말했는데도 기
          어이 날 데리고 간대서 가기 싫다, 싫다 해도 같이 안 갈
          수가 없었지. 여기까지 와선 색깔 이야기나 하고 있으니.
          내가 말할 건데 네가 감히? 내가 할게.

          사이.

시옷   넌 왜 여기 왔어?

　　　　사이.

들   넌 이렇게 말하겠지. 실은 네가 부추겨서 온 거라고.

　　　　사이.

들   어떻게 왔건 우린 어딘가에 갇혔고, 갇혔으면 벗어나야지. 또 뭔갈 찾아야지. 그게 너다우니까.

　　　　사이.

시옷   바로 그거야! 뭐든 찾아가는 게 내 성질이지. 어쩌면 네가 내준 것일 수도. 네가 없었다면 그런 미션도 없을 테니까.

들   또 시작이야. 내렸다가 올렸다가, 좀 있으면 추락시키겠지. 이번엔 늪에 빠질 것 같아.

시옷   (웃으며) 소라도 못 헤어나올걸.

들   생각났어! 소의 색깔. 그중에 빠진 색깔이 하나 있었어. 누런색, 검은색, 흰색, 그리고… 얼룩은 무슨 색이지?

시옷   아까 말했잖아, 누런색이나 검은색이 흰색에 찍혔다고. 누렇고 검은 얼룩소도 있으려나? 그 반대는?

사이.

시옷   네가 한 가지 더 있다고 말한 색은 이게 아닐까?

들   뭔데?

시옷   무색. 아무 색이 없는 듯하나 모든 색이 들어있는.

들   모든 색을 보태면 검은색이 되는데?

시옷   색을 색으로만 보니까 그렇지. 빨강, 파랑, 초록을 섞으면 세상의 모든 색을 만들고, 섞을수록 밝아지고, 모두 섞으면 흰색이 되잖아? 근데, 왜 소는 세 가지 색밖에 없지?

들   이야기 하나 할게. 내가 선생이고 넌 학생이라고 치자.

시옷   그런 가정쯤이야.

들   버스를 타고 여행을 떠났어. 넓고 넓은 들을 지나는 중이라고.

시옷   들은 네 이름이잖아?

들   손가락을 보지 말고 달 좀 봐. 저쪽이야.

시옷   알았어. 버스든 기차든 뭐를 탔건, 난 기차를 좋아하지만, 귀하는 선생님이시고 난 학생이야. 우린 어딘가를 가고 있어,

들   (목소리를 바꿔) 얘, 저기 소 좀 봐.

시옷   (목소리를 바꿔) 어디요? 선생님, 소가 어딨어요?

들   저기, 저 들판에.

시옷   (폰으로 사진 찍고 메모하며) 이 들판에 소가 천지네. 어릴 적에 많이 본 그 소와 비슷해. 버스 안에서 소를 보다니, 이

런 행운이!

들   그리고 소 떼를 지나 차는 계속 달리고 있어.

시옷   심심해. 말이든 양이든 까마귀든 들판에 가득했으면 좋겠는데, 이 동네엔 소뿐이니 뭐. (꾸벅꾸벅 존다)

들   (큰 소리로) 저기 소 좀 봐!

시옷   (겨우 눈을 뜨고) 소요? 또 소예요?

들   저 소가 얼마나 큰데?

시옷   소가 커봤자 코끼리만 하겠어요? (시무룩) 선생님이나 보세요.

들   얘, 저기 저 소 좀 보라고.

사이.

들   보라색 소야.

시옷, 화들짝 깬다.

시옷   보라색이라고요? 소가 보라색? 어디요? 그런 소가 어딨어요? 없잖아요! 선생님, 왜 거짓말하신 거예요?

들   넌 선생님의 말씀을 그렇게 받아들이니?

시옷   보라색이라 하시고선.

사이.

시옷 아하!

시옷, 울타리를 가볍게 뛰어넘는다.

시옷 선생님도 해보세요.
들 어디….

들, 껑충껑충 뛰며 자신을 밖에 두고 울타리를 걷는다. 시옷, 다시 울타리를 뛰어넘는다. 뛰어넘고 걷고 하다 보니 이번에는 들이 울타리 안에 있다. 시옷, 울타리를 걷는다.

들 (본래의 목소리로) 됐어!
시옷 (본래의 목소리로) 너와 난 우리니까.
들 넌 내 앞에 있는 사람이고 난….
시옷 내 앞에 있는 또 다른 존재.
들과 시옷 우린 너와 나.

들과 시옷, 함께 노래한다.

들과 시옷 우우우우우 땅끝에서 나는 울었어 오래 울었어 우우우우우 강가에서 나는 울었어 오래오래 울었어 우우우우우 햇볕 아래서 나는 울었어 아주 오래 울었어 우우우우우우 바람에 눈물 씻고 이젠 울지 않아 아아아아아아 아아 아아….

들과 시옷, 껴안고 웃는다. 들, 비명과 함께 달려 나간다. 시옷, 홀로 서성인다. 어둠 속에서 반짝이는 빛. 몸에 묻은 흔적을 닦아낸다. 한참 만에 들 – 시름에 잠겨 – 나타난다.

시옷   들, 사연을 물어야 내가 말해줄 거 아냐. 말할까, 하지 말까?

들   (고개를 젓는다)

시옷   하라는 거야, 말라는 거야?

들   (고개를 끄덕인다)

시옷   나이가 어리다고 얕보는 건 아니겠지?

들   (고개를 젓다가 끄덕인다)

시옷   좋아. 여기 꽃이 있다고 치자. 내가 그 꽃을 꺾었어. 꽃은 가만있었지.

들   (가만있다)

시옷   함께 있으려면 그래야지. 뿌리는 땅속 한곳에 있지만, 위로 끝까지 밀어올린 게 꽃이야. 꽃은 모가지가 꺾일 때 향이 진하니까. 그랬더라면 이런 일이 생기진 않았을 거야.

들   (겨우) 그래서?

시옷   그럴 수밖에 없었다고. 네 숨 쉬는 소리만 들어도 알 수 있지. 우리가 함께한 날이 얼만데. 늘 변하지 않는 널 끼고 혼자 늙어갈 수야 없지. 난 더 젊어져야 했다고. 내가 늙어버리면 소는, 누가 키우냐고?

들   (입을 벙긋거리며) 음메, 음메, 음메….

시옷   정확하게 내봐, 염소 같거든.

들　(입을 벙긋거리며) 음마, 음마, 음마아….

시옷　안 되겠어. 내 말을 귓등으로도 안 들으니까 말할 필요가 없지. 궁금한 사람이 물어야지.

사이.

시옷　(품에서 칼을 꺼내 닦으며) 내가 저질렀는데 넌 가만있고. 하나씩 물어보라고, 내가 왜 그랬는지.

정적.

시옷　고요하군. 세상이 고요하기만 해. 그런 일이 일어났다는 사실이 믿기지 않을 정도로. 그렇게 끔찍한 일을 당하고 그걸 알고도 입 다물고 있는 너나, 일을 벌였으면 고백할 것이지 남 탓이나 하는 난 뭐지?

침묵.

시옷　난 무슨 말이든 하잖아. 넌 이게 뭐야? 이러다가, 헤어질 거야? (입을 막았다가 떼며) 마음에도 없는 말이 나오잖아? 네가 입을 다무는 바람에.

사이.

시옷 말 안 해도 괜찮아. 작정했으면 그래야지, 말하기 전까진. (버럭) 선택적 침묵이야?

정적.

시옷 가만있을걸. 딴에는 열불이 나서 그랬는데, 네가 그러고 있으니 후회가 돼. 내가 왜 그랬는지. 그렇지만 아무리 생각해도 그는, 그놈은 말이야. 못됐어. 나쁜 놈이라고, 시바!

침묵.

시옷 정확하게 말하면, 널 위해 그런 건 아냐. 내가 날 참지 못한 거야. 지금 그런 일이 생긴다 해도 그럴 수밖에 없을걸. 때가 되면 누가 오겠지. 누군가는 쫑을 내밀며 잠시 가줘야겠다고 하겠지. 난 갈 거야. 갈 수밖에, 버틸 명분이 없으니까. 내가 그랬으니까! 그게 분명하니까!

사이.

시옷 그것도 확실한 건 아냐. 누군가가 달라고 하기 전에 그걸 없애면 되니까. 숨겨놓지 뭐, 감쪽같이. 혼돈처럼! 하긴 봇물이 터졌으니까, 그것만 있으면 돼. 숨기든 버리든 그건 내 선택이니까. 들, 잘 들어.

두꺼비가 엉금엉금 다가온다.

시옷　두꺼비가? 비가 왔나?

비가 온다.

시옷　이제 오네. 얼마나 목말랐는데, 비가 안 와서, 이 가뭄에. 논에 델 물이 없어 남의 논에서 물을 훔쳤지. 남의 논에는 물이 있나? 그 뒤론 들로 산으로 찾아 나섰지만 아무도 돌아온 사람이 없어. 그게 농부야. 그래서 저지른 거야. (반작이는 칼을 더 반들반들하게 닦는다) 닦고 또 닦고, 벼르고 또 별러 감행했지. (칼을 쳐들고) 보여, 이것? 이 빛나는 밥그릇이, 이것 때문에 우린 함께 있는 거라고. 바닥에 빨강이 흥건하게 되고서야 밥을 먹을 수 있고. (비에 손을 내밀고) 시원하다! 갓이든 갓뎀이든 양은주전자나 양동이로 퍼부어라. 세상에서 젤 긴 호스로 뿌려라. 비야! 비야! 쏟아져라.

비가 쏟아진다.

시옷　이 비가 다 술이었으면 좋겠다.

시옷, 빗불에 취해 의미심장하게 웃는다. 비가 그친다.

시옷 또 그 소리가 나오려고 하네. 시….

시옷, 다급히 입을 막다가 칼을 떨어뜨린다.

시옷 (칼날을 발로 밟고) 이건 비밀이야! 아무도 봐선 안 돼. 너도. 심지어 나도. (사방을 둘러본 다음, 칼을 품에 넣고) 아무 일도 없었어. 좀 전의 일은 해프닝이야. 쇼였다고.

시옷, 먼 산 보듯 멀리 본다. 구름이 흐르거나 말거나.

시옷 끝내주네! 대낮에 이런 일이 있어도 아무도 모르고, 누가 알거나 말거나 별일 없는 이 자연을 닮은 천연덕스러움, 얼마나 좋아!

사이.

시옷 어디 갔지?
들 여기 있어. 이대로 죽 있었어. 그동안….

사이.

시옷 비가 왔지. 소나기가 쏟아졌어. 날 괴롭히던 녀석은 어제 떠내려간 게야. 개구리처럼, 무덤도 없이!

시옷, 입을 막는다. 들, 나간다.

시옷 들, 어디 가? 들, 돌아와. 들! 어딜 가든, 와. 돌아와야 해! 올 거지?

사이.

시옷 갈 테면 가라고. 네 발로 나갔으니 다신 오지 마라. 영영!

사이.

시옷 돌아오라 오라 하곤 가라 가라 하고, 가라 한 번 갔으면 오지 마라 하고 나니 기다려지네. 기다릴게, 언제까지나. 너를, 너만을….

시옷, 씩씩거리며 나간다. 마이크를 들고 들어온다. 들, 시옷 옆에 나란히 나타난다.

시옷 왔니?
들 난 함께 있지, 늘.
시옷 널 찾으러 갔다가 이것만 주워왔어.

시옷, 마이크를 내민다.

들   그걸 어디서?

시옷   (볼륨이 엄청나다) 주웠다고!

들   (옷자락이 흔들린다)

시옷   (볼륨을 낮춘다) 땅에 떨어져 있었어, 내 목소리와 함께.

들   그걸 주우러 나갔어?

시옷   아니.

들   그럼 왜 나갔어?

시옷   누가?

들   너. 네가 나갔다고. 나간 김에 훔쳤지?

시옷   아니! 내가 왜?

들   난 알아. 말해줄까?

시옷   들으나 마나, 직구라고 자랑할 거니까. 욕탕에서 만난 여인네들처럼, 목욕 바구니 들고 큰길에서도 '오호호홍 그래 그래 맞다 맞아 내 말이 그 말이야 와하하항….'

들   그러다가 철컥한다?

시옷   (사색이 되어, 마이크를 놓는다) 안 돼, 그건.

들   그럼 입 다물어.

시옷   이제부터 네가 하려고? 해봐, 뭐든 주절거려 보라고.

들   철컥철컥.

시옷   겁주지 마.

들   넌 할 말 다 하고 살잖아. 온 사람이 하는 말 다 보태도 너만 못할걸. 사람은 나이 들어 죽는 게 아니라 말하느라 침을 많이 튀겨서 죽는다고.

27

시옷 너도 철컥할 수 있어?

들 난 무서운 게 없어. 여태 젤로 무서웠던 건, 그거밖에 없어.

시옷 뭔데?

들 그거.

시옷 넌 좋아했잖아?

들 좋아했다고? 그거 때문에 얼마나 바쁜데?

시옷 난 좋아하는 줄 알았어. 그래서 날마다 하려고 했지.

들 내가 기다린다는 걸 잊고 넌 날마다 그걸 하는 척했지.

시옷 딱히 할 게 없어서.

들 한 가지 있잖아, 네가 한 다른 거?

시옷 그거 말고 내가 한, 다른 게 있다고?

들 맞춰 볼까?

사이.

들 겁나?

시옷 조금은.

들 들어두면 약이 될걸.

시옷 달콤하지 않은 건 싫어.

들 달콤하니까 그걸 했겠지?

시옷 보자마자 코를 막았는걸.

들 우린 늘 누워서 했지. 다시 할 수 있을 거야. 할래, 말래?

시옷 (고개를 젓는다)

들	하라는 거야, 말라는 거야?
시옷	(고개를 끄덕인다)
들	시그널을 분명하게 해줘. 목소리 때문에 날 싫어하는 건 아니겠지?
시옷	(고개를 젓다가 끄덕인다)
들	좋아. 여기 꽃병이 있다고 치자. 내가 그 병을 깼어. 꽃은 가만있었지.
시옷	(가만있다)
들	그때 그래야 했어. 그건 꽃병이야. 병이 깨지면서 조각이 튀니까. 그랬더라면 이런 일이 생기진 않았을 거야.
시옷	(겨우) 그래서?
들	난 그럴 수밖에 없었다고. 네 코 고는 소리만 들어도 알지. 그동안 함께한 횟수가 얼만데. 모르진 않겠지? 네가 점점 나아질수록 난, 나도 늙는 게 좋겠다고 생각했는데. 내가 같이 늙는다면 거기가 처질 텐데, 소고기는 누가 먹냐고?
시옷	(입을 벙긋거리며 말을 내뱉으려 한다)
들	안 되겠어. 내 말을 귓밥에라도 매달 생각이 없는데 외친들 뭐 하겠어. 가만있으면 속 타는 사람이 묻겠지. 밥그릇 셀 필요 없이, 무례를 탓할 것 없이 내 계산이 맞아.

사이.

들	난 네가 한 일을 알고 있어. 아무리 입을 꾹 닫아도, 눈감

고 삼 년을 살아도 그 말은 언젠가 나올 거야. 입이 늘 근질근질하니까.

정적.

들 아주 고요해, 세상에 아무도 없는 것처럼. 아무 일도 일어나지 않은 것처럼, 천지사방이 입을 닫았어. 그래도 알 수 있어, 네 품에 있는 그것 때문에. 그게 송곳처럼 옷을 뚫고 나올걸, 빨강이 묻은 채로.

침묵.

들 차라리 자수해. 어디 갈 것 없이 내게 말해봐, 속이라도 시원하게. 혼자 끙끙 앓다가 배꼽에서 불이 날걸. 타죽고 싶어? 내가 가스라이팅한 적은 없어. 고백하라고! 하나도 남기지 말고 몽땅.

사이.

들 알았어. 알겠다고. 그게 백일하에 드러난대도 넌 입술을 물고 있을 사람이야. 그 때문에 빨리 늙을 거고.

정적.

들　다 지나간다는 거지? 그것마저 잊혀진다는 거야? 어떻게
　　그런 일을 잊을 수 있겠어?

경적 소리.

들　쓸데없이 빵빵거리지 말고 피해서 지나가. 그게 싫으면
　　그냥 밀고 가든가, 난 상관없으니까. 시….

시옷, 몸을 날려 들의 입을 막는다.

시옷　내 딱 한 번 말하겠는데, 그 다음 음절만은 말하지 마.
들　(기어이 말을 하고 만다) …바!

시옷, 나뭇등걸처럼 쓰러진다.

시옷　(가슴을 쥐며 일어나) 내가 가야 누구든 오겠지.
들　이럴 것까진 없었는데. 미안해.
시옷　존재를 부정하는 말은 하지 마. 그때가 생각나니까.
들　옳지! 살길이 막막해지자 넌….
시옷　개천을 바라보며 뛰어들려고 했어, 살아서 뭐 하나 싶었
　　지. 신을 벗고 눈감고 뛰어내리려는데… 눈앞에서 아이들
　　의 얼굴이 쑥쑥 나타났지. 시옷! 시옷! 시옷! 안 돼요! 안
　　돼! 돼! 착란이 생길 정도였어. 그 절명의 순간에 꽃을 보

왔지, 한 송이 꽃을.

사이.

듣　좋아. 한 송이 보태줄게. 지금 너한테 두 송이 꽃이 있다고
치. 한 송이는 팔아 어떻게 할래?
시옷　한 송이, 그 한 송이로….

사이.

시옷　널 살 거야.

듣, 시옷을 응시한다.

듣　야호!

정적.

시옷　그러려고 밥을 많이 먹었지.
듣　몇 그릇째야? 팔만 그릇?
시옷　먹다 보면 금방 그렇게 되겠지, 꽃은 시들어도….

사이.

시옷　속았다!

　　　사이.

시옷　내가 속고
들　네가 속고
시옷　우린 다 속았다.
들　너만 속았어.

　　　침묵.

들　입술이 터지도록.

　　　시옷, 무언가를 꺼내 우물거리며 씹는다. 들, 시옷을 보며 웃는다.

시옷　때가 됐어, 그걸 할 때가.
들　뭐라고?
시옷　지금이야! 늦었어.

　　　시옷, 어둠을 향해 숨차게 달린다. 들, 시옷이 도착할 자리에 미리
　　　가서 눕는다.

시옷　(들어오며, 혼잣말) 겨우 따돌렸네. (화들짝) 어? 이게 누구더라?

들   (딴청) 어? 왜 이렇게 늦었어?

시옷   (쩔쩔매며) 다른 날보다 빨리 왔는데? 자두가 안 돌아와서,
       온 동네를 헤매다가 이왕 집에 갈 거 빨리 가서 널 기다리
       자 싶어서, 달려왔는데.

들   자두가 오든 안 오든, 언제나 내가 빨리 왔지. 아침부터
       기다렸다고. (포대기를 뒤적인다) 자두가 있든 말든 그걸 찾
       아야 해.

시옷   (포대기를 내던지며) 피곤해! 너무너무.

       사이.

시옷   인사 좀 해보라고!

들   가만 좀 있어. 중요한 걸 찾고 있다고.

시옷   겨우 그것 때문에?

들   (계속 찾는다) 어디 숨겼지?

시옷   너, 재수 좋은 줄 알아?

들   내가 벼르고 있어. 나오기만 해라.

       정적.

들   사실. 네가 말도 없이 나가서 화가 났거든.

시옷   그래서 입이 나발이 되어 누워 있었구나,

들   (일어나며) 내가 누워 있다고?

시옷   방금 그랬잖아.

들   눈이 있으면 똑똑히 봐. 누웠어, 앉았어?

시옷   앉았지. 아깐 누워 있었잖아?

들   (손뼉을 치며) 넌 딱 걸렸어.

시옷   그게 뭐냐고? 아까부터 무슨 형사처럼 굴고.

들, 다시 포대기를 뒤진다.

시옷   없지? 없어. 여태 있어 본 적이 없으니까. 없는 걸 있다, 있
으니 찾아야지 하고 찾아보면 없지?

들   아깐 있었는데.

시옷   있었겠지. 한 번도 없던 걸 몇 날 며칠을 찾진 않을 거니까.

들   없어. 암만 찾아도 없다고.

시옷   내가 찾아줄까?

들   (벌렁 누워) 진작에 그랬어야지. 대신 찾아주면 좋지.

시옷   뭘 찾았지? 그게 뭔지 알아야 찾지.

들   그걸 알았다면 내가 찾았지.

사이.

시옷   꼭 그런 건 아냐. 무엇이든 찾을 때 안 나오면 소리부터 나
오니까. 빽, 빼액, 빽!

들   나 화나면 무서워. 말이든, 행동이든, 그거든 알아서 해.

시옷　　그거야 언제든 할 수 있지만, 말은 어눌하고 행동은 굼뜨니까, 네가 헤아려줘.

들　　　암. 헤아리다 보면 다 찾아오지. 헤아리기 시작하면 사람들은 이런다. 몇 개 헤아렸어?

시옷　　그럴 바에야 그냥 놔두지, 있는 그대로.

들　　　넌 내가 이렇게 누워 있어도 그냥 놔두지, 있는 그대로.

사이.

들　　　가만있는 내가 문젠가?

사이.

들　　　벼락이 쳐도 꼼짝하지 않을걸. 종일 누워서 기다려도. 넌 네 일에 하루를 보내곤 했어. 지금도 그렇잖아. 뭐든 원할 때 들어줘야지.

시옷　　뭘 원하는데, 고양이처럼 드러누워서?

들　　　철컥! 철컥! 철컥! 철컥이 끝도 없다.

시옷　　철컥하더라도 말은 해야지. 경고하는데, 눕지 마.

들　　　다들 좋아하는데 넌 왜? 지나가는 사람들도 웃을걸. 자두도 그것 때문에 나갔는데. 지금쯤은 초주검이 됐겠지. 그래서 못 오는 거라고. 넌 그걸 좋아하잖아.

시옷　　(고개를 절레절레) 내가 좋아하면, (끄덕끄덕) 이렇게 하지. 결국엔 나 때문에 누워 지낸다는 거잖아? 귀에다 대고 크게 소리쳐도 난 그런 거 몰라. 그렇게 하고 싶으면 일어나. 일어나라고!

시옷, 들을 일으킨다. 들, 일어나는 탄력을 이용해 빙글빙글 춤을 춘다.

시옷 종잡을 수가 없어! 고양이는 어딜 가고 낮도깨비가 빙글빙글이야.

들 한 번씩 이렇게 다른 걸 해야지. 이리 와. 내가 죽여줄게.

시옷 젬병이야. 춤이라면 질색이라고.

들 춤도 질색, 그것도 귀찮아. 무슨 재미로 사니?

시옷 말해 줄까? 놀라지 않을 거지?

들 (여전히 빙글빙글) 놀랄 일이 어딨겠어? 단도직입적으로 말해도 끄떡없어.

시옷 ㅅㄹㅎ.

들 뭐? 다시 말해봐.

시옷 반복 안 해.

들 부끄러운가 보네. 귓불이 달아올랐어, 겨우 그걸로?

시옷 난, 이게 전분데 겨우, 라고? 조금 전만 해도 난리가 아니었잖아? 벌러덩 누워서 그거, 그거, 그것만 외쳤지.

들 (춤을 멎고) 내가? 어디서?

시옷 (먼 데를 가리키며) 저기. (가까운 곳을 가리키며) 이쯤인가? 어쨌든 종일 그것만 찾았다고.

들　　내가 그랬다고? 누워서? 종일? 그걸?

시옷　문제가 생긴 거야. 문제는 풀어야지. 솔직하게 말해.

들　　그건 말이야. 찾을 필요가 없는 거야. (이리저리 가리키며) 온
　　　천지에 있으니까. 왜 찾겠어, 내가?

시옷　넌 누우면, 자리에 누울 때마다 미쳐갔지. 지금도 네가 누
　　　워있으면 벌렁거려. (심장 쪽에 손을 대고) 벌렁벌렁, 벌떡벌
　　　떡….

들, 시옷의 가슴에 귀를 댄다.

시옷　공장 돌아가는 소리 들리지?

들　　폐업 딱지가 팔랑거리는 소린데?

시옷　뭔가 돌아가긴 해?

들　　잔잔하지만 분명하게 돌아가고 있어. 안됐다.

시옷　이게 그거야!

들　　그걸 찾은 거야?

시옷　네가 누워야 찾지.

들　　꼭 찾아줘.

들, 드러눕는다.

들　　하나, 둘, 셋!

사이.

둘   둘둘셋!

사이.

둘   열, 백, 천, 만, 십만, 백만, 천만!

사이.

둘   찾았어?
시옷   억!

정적.

둘   겨우 찾았어, 평생을 헤매다가?

침묵.

둘   말을 해야지. 찾은 거지? 네가 찾던 걸 찾은 게 분명하지?

사이.

들	하나, 둘 셋! 둘둘셋, 셋둘셋, 넷둘셋! 열, 백, 천, 만, 십만, 백만, 천만!

정적.

들	거봐. 억, 하지 않고도 찾았잖아. 네가 숫자를 더 부르지 않는 걸 보면 알아. 억, 하기 전에 입을 다물었고, 말이 없다는 건 그걸 찾았다는 거니까. 근데, 이상해.
시옷	뭐가?
들	누우니까 다 보여.
시옷	속 태우지 말고 말해, 뭐가 보여?
들	(손가락으로 가리킬 뿐)
시옷	내 손에 뭐 묻었어?
들	내가 가리키는 델 봐야지.
시옷	궁둥이?
들	(솔잎 하나를 떼어내며) 이거. (팽그르르 돌리며) 왜 거기 있지?
시옷	솔잎? 그러게. 이게 왜 여기 붙어있지?
들	누구랑 뒹굴었나 봐.
시옷	내가? 꾸역꾸역 밥 세 끼 먹고 강아지랑 하루 세 번 산책만 하는데?
들	그럼 강아지랑 앉았겠네.
시옷	비가 와서 물이 흥건한데 어딜 앉아? 게다가 자두는 가버렸다고!

들　저는 하루에 세 번씩 가면서, 가을엔.

시옷　내가? 누구랑?

들　그건 모르겠고. 또 강아지가 그 강아지뿐인 건 아니잖아? (새끼손가락을 치켜들고) 오홍홍!

시옷　아무리 오홍홍이라 해봐라, 지금은 여름인걸.

들　여름이 가면 가을이 올 거니, 미리 묻혀온 거네.

시옷　여자들이 아이를 낳는 거기 말야?

들　알아듣는 게 분통 터지게 늦어서야 원. (돌아눕는다)

시옷　네가 말하는 거긴… 무덤?

들　여긴 그런 데가 아닌가? (돌아누운 채 옷을 벗는다)

시옷　(당황하여) 여긴 침대지. 편안하게 자는 곳. 여기가 무덤이라니?

들　안락하니까. 잠도 일종의 가사 상태고, 자다가 갈 수도 있고, 이래저래 거기라고 할 만하지.

시옷　우리가, 무덤에서 그걸 한다고? 밤새 비가 오고 밖은 어둡고, 자고 나면 무슨 해골이라도 있어야 그럴듯하게 들리지. 여긴 아침마다 멀쩡한데?

사이.

시옷　말해봐. 왜 눈을 피해? 옴짝달싹도 안 하네. 숨도 안 쉬잖아? (들어 올리려다) 무겁긴 왜 이렇게 무거워? (몸을 흔들며) 들! 이봐, 들! 좀 봐봐. 한 번만… (몸을 돌려세우며) 제발!

들, 백골이 되어 있다.

시옷 (당황하여) 이건 속임수야! 기만하지 마. 이따위로 날 가르치려고. 무슨 말을 하려고? 모든 게 한순간이라고? 이건 기만이야. 참으로 놀라워! 방금 돌아누울 땐 들, 너였는데 마주 보니 백골이라니. 내가 백골과 이야기하고, 백골과 놀고, 백골과 뒹굴고, 백골과 싸웠단 말이야? 그리고 백골과 헤어져야 한다고? (실실 웃으며) 눈물도 안 나와. 눈물샘이 말랐어. (소리친다) 들! 넌 내 곁에 있었어. 새벽부터 밤까지 함께 있었다고. 내가 태어날 때 너도 태어났어. 발밑에 붙은 그림자처럼 날 따라다녔잖아? 왜, 왜, 왜 네가 백골이야? 내가 개천에 뛰어들려고 할 때도 백골이 나타나진 않았어. 어떡해! 난 어떡해? 어떡하라고 가버린 거야? 대답해! 대답 좀 해! 넌 대체 누구야?

침묵.

시옷 가버렸군, 영영. 나도 갈게. (객석 쪽으로 손을 흔들며) 에라!

시옷, 주섬주섬 옷을 챙겨 입는다. 황급히 자리를 벗어나느라 신이 벗겨진다.

시옷 (숨을 헐떡이며) 안녕….

시옷, 홱 돌아서서 빠져나가지만 한곳을 빙빙 돌 뿐. 걸음은 점점 느려지고 신체의 모든 움직임이 몹시 느려진다. 백골의 긴 팔뼈가 시옷의 발목을 거머쥔다. 시옷, 비명이 터져 나올까 봐 온몸의 여기저기를 틀어막으며 쫓기듯이 달려간다. 빵빵거리는 자동차의 경적. 쫘르르르르 울어대는 매미들의 소리. 여기저기 신호등 불빛이 점멸한다. 신호가 바뀌면, 여러 그림자가 나타난다. 시옷, 상처를 어루만지면서 신호를 살핀다. 그림자들 가운데, 들이 보인다. 이번에는 들의 뒷모습이 백골이다. 시옷, 건널목을 지나가지 못해 쩔쩔맨다.

들　(자유롭게 지나다니며) 여기서 뭐 해?

시옷　(우왕좌왕하며) 여기가 어딘지, 내가 왜 여기 오게 되었는지, 이러다가 저러다가 꽝 하고 말걸!

들　안 돼!

들, 그림자들 속에서 튀어나와 시옷의 건너편에 선다. 들의 앞모습은 그대로다.

들　어서 건너! 파란불이야.

시옷　무서워서 못 건너겠어! 이대로 있을래.

들　거긴 위험해! 건널목 신호등에 곧 빨간불이 들어올 거야. 차들이 쌩쌩 달려올 거고, 넌 큰일 나. 빨간불이 들어왔어!

시옷　어떤 신호를 봐야 하는 거야?

들	모든 신호가 동시에 같은 색으로 들어와 있어. 빨리 나오라니까!
시옷	안 되겠어! 못 가!
들	(뛰어들며) 어서 나가자! 버스가 와.

빵빵 소리와 함께 차들, 지나간다.

들	(시옷을 당긴다) 제발!
시옷	(들을 밀어낸다) 제발!
들과 시옷	제발! 제발!

들과 시옷, 실랑이하다가 엎어진다.

시옷	헤! 너랑 같이 있으니 안심이야.
들	정말 미치겠네. 난 널 맞이할 준비가 안 됐어. 어서 빠져나가자.
시옷	(들을 붙잡으며) 네가 그랬지, 남들 눈치 볼 필요 없다. 급할수록 자기 할 일만 하면 돼.
들	여긴 위험한 도로야! 전쟁터라고.
시옷	우크시민들은 로사군이 대포를 쏴도 무너진 집 아래에서 빵을 먹던데?
들	전쟁이라도 먹어야 사니까. 그 전쟁은 일상이 된 거야.
시옷	우리도 이대로 일상이 되자, 응? (들을 껴안는다)

들　(몸을 굴리며) 이렇게 굴러서라도 나가자. 어서 몸을 굴려!

시옷　늦었어! 저것 봐! 저것 좀 보라고.

건널목 신호등에 빨간불이 들어온다.

시옷　(들을 껴안고 토닥이며) 이왕 이렇게 된 거, 즐겨.

들　난 못 즐겨. 너나 즐겨. 이 나쁜 놈아!

시옷　시옷! 가만있어. 옴짝달싹 않고 있으면 알아서 피해 갈 거
　　　야. 봐, 빵빵거리지도 않고 지나가잖아?

들　내 치마. 내 스타킹, 내 얼굴, 내 브래지어, 나의….

시옷　ㅅㄹ.

들　그래 ㅅㄹ, 넌 내 ㅅㄹ이야. 일어나자.

시옷　그거 꽂아주면.

들　어디에?

시옷　꽃은 화병에, 그건 여기저기.

들　여기저긴 다 시들었어. 가기 싫으면 날 놓아줘! 풀어줘!

시옷　네가 이렇게 소리치다니. 언제든지 조용하고, 어여쁘고,
　　　의연할 줄 알았어.

들　웬 힘이 이렇게 세니? 망가지려고 해도 쉽지 않았는데 된
　　　통 걸렸네. 맘대로 해라.

시옷　난 저 신호등 불빛을 따르고 있어. 여기든 저기든 거기든
　　　그 어디든 건너가기가 겁날 뿐이야. 저것들이 파랗고, 빨
　　　갛고, 노란 불빛을 쏘아대니 눈을 뜰 수가 있어야지.

건널목 신호등에 초록불이 들어온다. 들, 쓰윽 일어난다.

들   (손을 흔들며) 바이바이.

시옷   (손을 흔들며) 바이바이.

들, 유유히 건너간다. 시옷, 따라가려다 신호를 보고 주춤한다.

시옷   거봐. 난 여전히 못 가잖아. 안 가잖아. 있고 싶어 하잖아,
위험을 무릅쓰고라도.

정적.

시옷   차가 와. 이번에는 트럭이 온다고. 잠시 후엔 아무 일도 없
겠지. 넌, 그만 가버려!

침묵.

시옷   아무것도 안 오네. 나도 건너갈게,

시옷, 건널목을 여유 있게 건넌다.

시옷   그렇게 아무 말도 안 하니까 네가 무서워. 나랑 말 섞기가
싫은 거겠지? 내 멋대로 하고, 널 안고, 말을 안 들으니까

네가 날… 그걸 바라는 거지? 그렇지?

시옷, 그 자리에 앉는다. 신호등의 빨간 불빛들이 빠르게 점멸한다.

시옷   (팔을 휘휘 저으며) 빨강이 반짝거려도 이젠 괜찮아.

들   모두 내 탓이지. 내가 잘못해서 네가 방황하는 거야.

시옷   넌 자비로워. 그 공덕으로 풀려난 거고.

들   근데, 저걸 놔뒀다간 어떻게 될지 몰라. 너도 나도, 우리 둘 다.

시옷   우리가 여기 있다고 계속 경고하는 거야, 아까부터.

들   장갑 없어? (양팔로 원을 그리며) 이렇게 큰.

시옷   그게 무슨 소용이야? 이걸로 끝장을 봐야지.

시옷, 빨강과 노란불이 교차 점멸하는 여러 횡단보도를 뛰어다니면서 빛의 조각을 줍는다.

시옷   여기야. 여기에다 꽂는 거야.

들   잘 꽂아, 꺾어지지 않게. 늘어지지 않게. 그게 흘러넘치지 않게.

시옷   좀 잡아줘. 옳지, 그렇게.

들, 두 빛 조각을 뉜다. 시옷, 짧은 조각을 긴 조각에 십자 형태로 교차하여 붙인다. 빛의 이정표 같다.

시옷 됐어. 이쪽을 밝고 저쪽은 어둡다.

들 저쪽이 뒤편이야?

시옷 앞뒤는 상관없어. 신호를 바로잡으려면 어쨌거나 꽉 잡아야 해. 이제 세울 거야. 그걸 세운다고, 둘이서.

시옷, 교차한 빛 조각의 밑을 중심에다 두고, 온몸으로 두들긴다.

시옷 왜 이렇게 떨리지, 그 신호 같아. 느낌이 와. 다리가 떨리고, 허리가 떨리고, 가슴이 떨리고, 어깨도 떨려. 뺨이 떨리고 머리카락이 춤출 거야. 안 되겠어. 멈춰! 그만. 그만하라고.

들 다 널 위해서야. 내가 왜 필요한데. 넌 중단하면 안 돼. 설사 네가 숨을 헐떡이다가 졸도할지언정 난 멈출 수 없어. 그건 용납이 안 돼.

시옷 오! 오! 오! 그게 오고 있어. 저 멀리서 이쪽으로, 가물가물, 가려워, 뜨겁기도 하고, 뼈가 삭을 것 같은 느낌이야. 핏줄 속에 뜨거운 불물이 흐르는 기분이야. 앗! 뜨거.

시옷, 천천히 아주 부드럽게 이정표가 제대로 세워졌는지 이리저리 밀고 당기고 흔들어본다.

들 됐어. 저쪽이 쌈쌈하니 이쪽이 밝고, 서쪽이 떨어지니 이쪽이 붙고, 저쪽이 주저앉으니 이쪽이 일어서는 걸 보니.

시옷　　　그동안 모아둔 것을 저쪽으로 보내자. 굴리자. 던지자.

들과 시옷　(함께) 이쪽은 화살표만 남겨두고 비워두자. 기다리자. 승용차가 오든 버스가 오든 트럭이 오든. 그것이 오든.

　　　　　주위가 어두워진다. 무수한 경적에 이어 웅얼거리는 소리가 들려온다. 빛의 이정표에서 삼색 불빛이 동시에 켜진다.

시옷　　　됐다! 무사 통과.

들　　　　옷 갈아입어야지, 넌 사진 찍어야 하니까.

시옷　　　난 다시 팔짱을 끼고….

들　　　　네가 나한테 끼고….

시옷　　　우리의 아지트, 웬만하면 더 어두운 곳으로 가자.

들과 시옷　가자, 가서 오지 말자.

　　　　　들과 시옷, 발을 맞춰 이쪽이든 저쪽이든 걸어간다.

그림자　　(소리) 얘들아, 어디 가니? 이쪽이야.

　　　　　들과 시옷, 흘깃흘깃 돌아본다. 신호등의 불이 동시에 꺼진다. 어느 쪽이든 빨간불 하나 남기고. 주위는 부쩍 어두워진다. 깜깜한 어둠 속. 허공에서 점멸하는 빨간 불 하나. 시옷과 들, 더듬더듬 헤쳐 나간다. 툭 받히기도 하고 뭔가를 밟기도 하고 그토록 조심할 수 없다는 듯, 살얼음 위를 걷듯이.

들	아얏!

사이.

시옷	아얏!

정적.

들과 시옷	아얏! 아얏!

침묵.

시옷	여긴 또 어디야?
들	그걸 알면 우리가 여길 왔겠어, 이렇게 깜깜한 델?
시옷	언제쯤 밝아지지? 둘러봐, 넌 뭐든 밝으니까.
들	아까부터 살피고 있어, 뭐가 있는지 뭐가 없는지. 알 수 있는 건, 저거다!
시옷	빨간 불!
들	깜깜절벽에 빨간 불 하나, 깜빡깜빡. 좀 수상한데?
시옷	신고할까, 112?
들	누가 칼을 들고 거리에 나온 건 아니잖아? 비가 와서 동네 사람들이 우울해진 것도 아니고. 어떤 사람이 숭얼거리면서 지나가고, 그 지나가는 사람을 개가 쳐다보고, 그 사람

은 상관없이 중얼거리지만 느닷없이 폭탄이 터지는 일은
아직 일어나지 않았거든.

시옷   너무 앞으로 가지 마.

들   네가 앞에서 가볼래?

시옷   앞뒤가 어딨어? 사방팔방 까만데. 발이 움직이는 쪽이 맨
앞이야.

들   빅뱅이 일어날지도 몰라.

시옷   잠시 숨 좀 고르자. 가도 가도 천릿길이라면 첫걸음부터 떼
겠지만 가나 서나 까망이니 굳이 갈 필요가 있나는 거지.

들   그럼 우린….

시옷   제자리에, 이렇게 섰네.

들   앉아 있자. 편하게.

들과 시옷, 차례로 앉는다.

들   이제 적응하기가 쉬울 것 같아.

시옷   이왕이면 눕는 건 어때, 어두우니까 눈으로 가늠할 기준
이 없어서 서나 앉으나 누우나 똑같아. 편한 게 좋은 거지.

들   뭐라고?

시옷   눕자고.

들   누우면 자고 싶을 텐데. 그러면 그게 올 거고, 너한텐?

시옷   눕자.

들과 시옷, 눕는다.

시옷 그런 게 나한테만 온다고? 그게 사실이라면 넌 좀 맛탱이 가 갔어. (사이) 어어? 몸이 들썩여! 요동치고 있어, 천지를 모르고!

들 쉿!

시옷 또 왜 그래?

들 방금 무슨 소리가 났어.

시옷 어디서?

들 귀를 대 봐.

시옷, 귀를 댄다.

들 (들릴 듯 말 듯) 그것은 그리움.

시옷 그림 같다고?

들 곧 그림 같은 광경이 펼쳐질 거야, 눈앞에서!

시옷 누가 그러데?

들 내 경험이야. 이럴 땐, 사방이 깜깜하고 앞을 보나 뒤를 보 나 사방을 보나 한 걸음도 떼지 못할 땐, 그런 광경이 펼쳐 지거든.

시옷 하긴 이럴 때 저지르자. 동물들이 지나가다가도 깜짝 놀 라게.

들 혼자 해.

정적.

들 여태 그렇게 생각했어?

시옷 응.

들 이렇게 붙어 다니면서?

시옷 그야….

들 우물쭈물하지 말고 말해. 결론은 내가 낼 거니까.

시옷 이런 분위기에 어떻게 말하겠어?

들 왜 못해?

시옷 할 수 없어. 안 할 거야. 이게 내 방식이야.

사이.

시옷 미안해.

들 저질러 놓고 사과하는 것도, 그 사과를 듣고 참아내는 일
도 이골이 났어. 미안해할 짓은 하지 마, 앞으로든, 지나간
일이든.

시옷 용서해주는 거지?

들 넌 늘 그런 말 듣기를 원하고 또 그래야 안정되니까, 그래
야지.

시옷 앞으론 안 그럴게. 혼자서 해야겠다는 둥 그런 말은 금기
어야.

들 네가 입을 닫으면 무슨 일이 생길지.

시옷 평화가 찾아오는 거지, 우리 사이에.

들 점점 멀어지는 거야, 지금부터?

시옷 멀리 있다고 그런 건 아니잖아? (돌아서서) ㅅㄹㅎ.

들 흠, 무슨 말이든, 무슨 짓이든 그렇게 하는 게 너다워.

시옷 잘 길들인다. 그 힘으로 내가 여기까지 온 거야.

들 사람은 등을 돌려봐야 크거든.

정적.

시옷 우리, 이 꼴이 뭐지? (일어선다)

들 (따라 일어서며) 여태 이렇게 있었군. 왜 그랬을까?

시옷 (관객 쪽을 가리키며) 한자리에서 불편했겠는데?

들 뒤로 한 걸음 물러나.

시옷 (겨우 한 발자국 떼며) 이렇게?

들 한 번 더.

시옷 (한 발자국 앞쪽으로 옮기며) 이렇게?

들 아니, 뒤로 두 발자국.

시옷 (뒤뚱뒤뚱 뒤로 두 발자국 옮기며) 이렇게, 이렇게?

퍽, 소리.

시옷 (털썩 앉으며) 엄마!

들 거봐. 있지?

시옷	(주위를 살피고 만지며) 이게 뭐지?
들	또 해볼래?
시옷	(앞에서 했던 대로 앞뒤로 발자국을 옮기며) 이렇게, 이렇게.

꽝, 소리.

시옷	(털썩 앉으며) 아빠!
들	거봐, 있지?
시옷	(주위를 살피고 만지며) 이게 뭐지?
들	이제 보인다. 점점 밝아져.
시옷	나도 그래. 내 눈이 좋아지는 건가?

주위가 조금 밝아진다.

시옷	이 자리는, 자리가 있다는 건, 우리 말고 다른 사람들이 언젠가 앉았다는 거잖아? 그렇다면….
들	다른 사람들이 있다는 이야기지, 그 전에 있었거나.
시옷	우리 같은 사람이 또 있거나 있었다니.
들	그렇다면 여기가 어딘지 짐작할 순 있을 것 같다. 여긴, 거기야.
시옷	(곧바로) 병원?
들	아니.
시옷	(한참 만에) 감옥?

들	아니.
시옷	(툭툭 내뱉는다) 창고, 공항, 섬, 산장, 기차역, 월세방, 다리 밑, 노인 쉼터. 행정자치센터, 시청민원실, 도서관, 오락실, 백화점, 테라스, 옥상, 축구장, 로터리, 농장, 댐, 고속도로, 들판, 성, 부두, 갑판, 항구, 만화방, 연못, 숲속, 산꼭대기, 구름, 지옥, 우주선, 메타버스, 해피버스데이, 꿈속….
들	잘도 피해가네.
시옷	넌 알고 있다고?
들	모를 것 없지, 아무 데고 앉기만 하면 거기고, 또 그 전에 내가 말했으니까.
시옷	누가 가르쳐주면 좋겠다, 속 시원하게.
들	이만큼 기다렸으니 누구든 나오겠지. 소릴 들어봐.
시옷	무슨 소리가 나?
들	귀를 모아.

시옷, 두 귀를 모은다.

들	들리지?
시옷	아무 소리도 안 들려.
들	네 콧소리를 줄여.
시옷	(숨을 죽이며) 들리는 것 같아. 들린다, 들려. 어디선가 들려오는 저 소리는?

퍽, 꽝, 소리.

시옷 오고 있다! 요란하게! 어둠 속에 누워있다가 일어서자마자 뒷걸음 앞걸음 다시 뒷걸음을 두 번씩 하곤, 앉는데?

정적.

시옷 다 모였나 봐.
들 뭔가 시작될 거야. 끝을 보여주든가.

웅성거리는 소리.

시옷 뭐든 한다니까.
들 놓치면 안 돼.
시옷 벌써 조마조마해. 왜 이렇게 떨리지?
들 넌 겁이 많잖아. 악몽만 꿔도 고함을 지르고 깨고 나면 온통 땀으로 젖으니까.
시옷 널 만나고부터야. 그 전엔 안 그랬어. 땅을 파서 뱀과 개구리를 한데 넣어두고, 닭이 알을 낳고 있을 때 바로 받아 깨먹곤 했으니까. 진지 속에서 야간 경계를 할 때 도깨비불이 날아다녀도 벌 나비처럼 대했다니까. 듣고 있어, 군대 이야기?
들 말한다고 그게 사라지니? 그게 누군지, 어디에 사는지도

57

모르면서?

시옷 모든 게 그래. 살았다 싶으면 죽어 있고, 죽었다 싶으면 사라지고. 그게 자주 보이면 재수 옴 붙은 거야. 살아도 사는 게 아니거든.

들 피해 다니니까 그렇지. 뭐든 애인이라 생각하면 다정해져.

시옷 애인이 얼마나 무서운데!

들 (웃는다) 나보다 무서워?

시옷 어떨 땐.

들 다정할 때만 애인하면 되지, 나처럼.

시옷 애인들이 그렇게는 안 하지. 네가 즐겨 입는 검은 옷, 그 옷을 입고 나타나 낄낄거릴걸.

들 좀 팽팽하게 살아봐. 누가 알아, 그게 안 올지. 한참 늦게 오거나.

시옷 남의 말처럼 하지 마. 난 준비가 덜 됐어.

사이.

시옷 난 여기저기에서, 실은 아무것도 아니야. 나도 그 무엇이 되었으면 좋겠다, 너같이.

사이.

들 가엾게 여기기라도 해봐, 한 번쯤은.

시옷   난 늘 내가 가여워서.

들   그러니까 일어섰다 하면 누군가가 자리를 빼앗지. 무엇을 하든 말든 앉아 있는 자신이 처량하지도 않니?

사이.

들   뭐가 움직였어.

시옷   이젠 안 속아. 퍽, 이나 꽝, 이겠지. 누군가 털썩 자리에 앉을 거고, 오랫동안 별일 없을 테고.

정적.

들   무슨 소리야? 중요한 걸 찾았잖아! 네 궁둥이에 붙어 있던 솔잎.

침묵.

들   누구랑 놀았던 거야?

사이.

들   사슴? 멧돼지? 곰?

정적.

들   입을 처닫았군.

침묵.

시옷   알겠다! 생의 테마를 터득했어. (천천히 일어나) 이봐요! 모두
          모여요. 아무도 없어요? 여기요! 손 흔드는 거 안 보여요?

들   모두 모였다 치고, 모두 보고 있다 치고. 심호흡을 세 번
          한 다음….

시옷   시작합니다. 이건 쇼가 아닌 실제 무대입니다.

들, 박수를 친다.

시옷   어떤 연극에서 악역을 한 사람을 총으로 쏘아죽인 관객처
          럼, 어떤 연극에서 원수 역을 맡은 배우의 목을 졸라 죽인
          배우처럼, 이 깜깜한 곳에서 제가 그런 연극을 시작합니다.

들, 환호한다.

시옷   여기, 제 친구가 있습니다. 이 친구는 제가 가는 데마다 따
          라다니는 보통 파파라치가 아닙니다. 그래서 일을 내기로
          했습니다. 잘 보세요. 그는 아무 말도 못 합니다. 그저 온

몸을 떨고 있지요. 눈을 마주치면 전투 중인 병사들도 총을 잘 못 쏜다잖아요? 개도 사람이 등을 보이며 도망칠 때 따라가서 물지요. 제가 그렇게 물려 왔습니다. 제 앞에서 알랑방귀를 뀌는 친구의 달콤한 말에 속아 낮밤을 저당 잡혀 살았지요. 결단의 순간이 왔습니다. 헤어질 결심이 섰습니다. 처음으로 저는 칼을 꺼냈습니다. 단도직입하기 전에, 빗고 또 빗고 갈고 또 갑니다.

사이.

시옷 (손가락 하트 모양을 하며) 이것입니다. 보입니까? 쩨쩨합니까? 더 큰 걸로 보여드릴까요? (손으로 하트 모양을 하며) 이것입니다. 보입니까? 그래도 모자랍니까? 아주 큰 녀석으로 보여드릴까요? (양팔로 하트 모양을 하며) 이거요. 거기에다 이렇게 살짝, (허리에 반동을 주며) 잡수세요! 잡쉬요! 잡쉬!

들, 시옷의 발목을 당겨 넘어뜨린다.

막.

제2막

제1막과 같은 곳. 시옷, 나타난다. 얼굴에는 짙은 화장을 하고, 척 보기에도 걸음걸이가 멋있어졌다. 들, 따라 나온다. 들은 늘 같은 모습이나, 같은 옷을. 여러 가지 형태로 입는다.

시옷   드디어 무대에 섰어! 내가 배우가 됐다고. 열심히 연습해서 공연해야지. 관객들이 들어찬 객석을 보며 연기하면 흥분될 거야. 연기가 끝나고 쏟아지는 박수 소리를 듣는다고 상상하면, 미칠 것 같아.

들   환호는 나중 이야기야. 무대에서 첫 발을 뗄 줄 알아야지. 이렇게 넓어. 어떻게 걸어갈 거야? 해봐.

시옷   내 발로 내가 걷는데 웬 걱정.

시옷, 발을 뗀다.

들   아니, 그보다는 가고자 하는 방향의 발부터 떼는 게 좋아. 왼쪽으로 갈 때는 왼발부터 오른쪽으로 갈 때는 오른발 먼저.

시옷   왜 그렇게 해야 하지?

들   배우는 어떤 자세든 멋이 나와야 하거든. 배우가 불편해야 관객이 볼 때 자연스럽고 멋져.

시옷 (오른쪽으로) 이렇게, (왼쪽으로) 이렇게, (앞으로) 이렇게.

들 잘했어! 숙달되면 멋지게 걸을 수 있을 거야. 이번에 맡은 역할이 뭐니?

시옷 미치광이 할아버지. 보물 지도만 보고 달려가는. 눈앞에는 짙푸른 바다. 보물선을 봤다고 소리치는 엑스트라야. (소리친다) 배다! 배가 보인다.

들 걸음걸이를 익히지 않은 상태에서 목소리부터 크게 하면 위험해.

시옷 그런 순서가 왜 필요한데?

들 시옷, 배우란 뭐지?

시옷 무대에서 뻐기는 사람.

들 누굴? 자기 자신을?

시옷 맡은 역할로 변신해서.

들 당연히 변신해야지, 어떻게?

시옷 그 사람의 걸음걸이, 그 사람의 목소리, 그 사람의 제스처, 그 사람만의 특이한 버릇 따위로.

들 역시 하나를 가르치면 열을 알아. 지금은 걸음걸이를 익히는 시간이야. 미치광이의 걸음걸이를 만들어야 미치광이로 보이는 거야. 목소리만 미친 척하면 관객들이 금방 눈치채.

시옷, 멈칫거린다.

들	잘 안 되지? 여지껏 네 걸음으로 오간 세월이 얼만데, 다른 사람의 걸음걸이가 쉽게 될 것 같아?
시옷	어디 미치광이 없나? 보고 따라하게.
들	거기 가볼까?
시옷	정신병원? 문 열어줄까?
들	문 열었다가 닫아버리면 넌 못 나오잖아?
시옷	설마 날 미치광이로 취급하려고?
들	사람은 누구나 마음속에 그런 분이 한 명쯤 계셔. 그분이 출장 나오는 순간, 꼬이는 거지. 거기 가지 말고 있는 네 속에 있는 그분을 만나보자.
시옷	그게 가능할까?
들	이렇게 하는 거야. 일단 앉아봐.
시옷	(앉는다)
들	일어서.
시옷	(일어선다)
들	굴러.
시옷	(구른다)
들	엎드려.
시옷	(엎드린다)
들	자동.
시옷	(앉고, 일어서고, 구르고, 엎드린다)
들	(벨 울리는 소리를 낸다).
시옷	(계속한다.)

들	그만할 때까지.

시옷, 계속하나 무척 힘이 드는 표정이다.

들	웃어.
시옷	(웃으면서 한다)
들	울어.
시옷	(울면서 한다)
들	웃고 울어, 번갈아서.

시옷, 웃고 울기를 번갈아한다.

들	계속해. 그만하라 할 때까지.

시옷. 버티며 계속한다. 속도가 느려지고 결국 쓰러진다.

들	일어서.
시옷	(일어나지 못한다)
들	앉아.
시옷	(앉지도 못한다)
들	누워있어.
시옷	(벌떡 일어나며) 미쳤냐, 내가 또 누워있게?
들	점점 미쳐가는군. 걸어봐.

시옷   내가 미쳤다고? 어디….

시옷, 꼿꼿하게 걷는다.

들   바로 그거야. 사로 봤다. 발사!.

시옷   ('열중쉬어'를 한 자세로) 탕탕, 탕탕, 탕탕탕탕!

들   맘대로 움직여도 돼.

들, 나간다. 시옷, 한곳을 응시하며 총소리를 낸다.

시옷   (관객들을 노려보며) 그동안 욕봤다. 이 부처님들아, 내 총을
받아라. 탕탕탕탕, 탕웨이 마이웨이. 김태용, 헤어질 결심
을 해라. 박찬욱은 이 미장센의 총을 받아라. 탕탕탕탕, 탕
웨이 마이웨이. 김태용, 헤어질 결심을 해라. 박찬욱은 이
아우라의 총을 받아라, 탕탕탕탕, 탕웨이 마이웨이. 탕웨
이, 탕웨이, 어디 있어?

사이.

시옷   들! 들! 나랑 협연하기로 했는데, 아직 안 와?

정적.

시옷 좀 으스스한데! (객석을 두루 가리키며) 저긴 부처님들밖에 없고, 누가 우산이라도 들고 나서주면 좋겠는데. 사방이 조용해. (허공에다 소리친다) 이놈들아! 외계인들이 오래전에 지어놓은 아파트를 믿지 말란 말이야. 곧 무너진다고, 빨리빨리 피해! 내 말 안 들려?

침묵.

시옷 (자신으로 돌아와) 이러다가 잘못되는 거 아냐? 내가 너무 나간 것 같은데. 들은 어디 갔지? 내 짝꿍, 내 사랑아. 어디 간 거야? 야! 이 친구야, 내 애인아, 바보천치야!

시옷, 자리에 엎디어 울먹인다.

시옷 (오락가락) 언제부터 배우가 되려고 맘먹었냐고? 날 미워하던 녀석들, 내가 싫어하던 연놈들, 내가 유명해지면 너희들이 후회할 것 같아 배우가 되고 싶었는데. 날 무대에 밀어 넣고 어딜 간 거야, 들? (손이 떨린다) 꿈에도 몰랐어! 미치지 않곤 설 수 없는 데가 여기야. 가만있어도 이상한 말이 흘러나와. 말하지 않고는 견딜 수가 없어. 누가 날 좀 구해줘요. 헬프 미! 헬프 유, 플리즈!

사이.

시옷   (다시 원래대로 돌아와) 이 정도면 내가 미치광이가 된 걸까?

정적.

시옷   메아리도 없어. 새 한 마리 날지 않고. 구름만 흘러가네, 천연덕스럽게. 뭉치고 흩어지고, 사라지고 말 것이.

들   (소리) 바로 그거야.

정적.

들   (소리) 시옷, 이리 와. 소풍 가자.

시옷   좋았어! 가자, 가자, 소풍 가자. (소리친다) 야호!

메아리.

시옷   야아호.

정적.

시옷   (입을 벙긋거린다)

들, 들어선다.

들 도시락 사 왔어. 소풍 가자.

시옷 (말이 안 나와 몸을 비튼다)

들 너무 크게 소리쳤구나. 준비운동도 없이 소리만 쳤어. 그러니 목소리가 잠기지. 아아, 마이크 테스트해봐.

시옷 아아, 마이크 테스트.

들 거봐, 되잖아? 뭐든 테스트를 하고 해야지.

시옷 네가 있는 편이 맘이 편해. 잊지 않을게, 다신.

들 목소리 때문에 헤맬 줄 알고 이걸 가져왔지, 여기. (책을 보여준다)

시옷 (제목을 읽으며) 좋은 목소리는 몸의 자세에서 나온다?

들 그 책에 쓰인 대로 하면 진짜 배우가 될 거야. 널 괴롭힌 아이들에게 잘난 체하려고, 애들이 쩔쩔매는 모습을 보려고 배우가 되려는 건 곤란해. 그 마음이야 충분히 이해해. 하지만 배우란….

시옷 무엇보다 자신의 몸을 잘 다룰 줄 알아야 한다, 이 말이 하고 싶은 거지?

들 그래. 마치 그것처럼. 찾으면 사라지고 잊으면 나타나는.

시옷 (들을 가리키며) 너의 그것.

들 다음 챕터로 넘어가자. 사람들이 오래 기다렸어. 언제까지 기다려주진 않을걸.

시옷 (관객을 가리키며) 저 목석 부처님들이?

들 관객 의식하지 마. 이제 두 번째야. 목소리는 어떻게 내야할까?

시옷   맡은 배역의 목소리와 비슷한 목소리를 지닌 사람의 목소리를 녹음하면 되겠지?

들   그렇게 당하고도 몰라?

시옷   갈수록 잘 모르겠어. 괜히 배우가 되려고 했나 봐.

들   길을 선택했으면 책임을 져야지. 애당초 뭔가 찾으러 나선 거잖아? 보이지 않는 뭔가를 찾는다는 면에서는, 배우가, 아무래도 배우는, 배우가 되려는 사람은 일단 배우는 자세를 지녀야 해.

시옷   배우는 배우는 사람? 시인은?

들   시인이 잘못을 시인하든 말든 배우는 배워야 해. 처음부터 목소리를 또박또박 내면 안 돼. 시작은 웅얼웅얼, 대본을 읽을 때도 마찬가지야. 뭐든 녹여 먹을 태세로 우물우물….

시옷   우물우물….

웅얼웅얼, 소요가 인다.

시옷   저것들 봐. 뭔가 일어날 것 같아, 느닷없이!

들   마음의 긴장을 가라앉혀. 내면의 소리에 귀를 기울이고.

시옷   끓어오르는데, 자꾸만. 땅처럼 굳고, 물처럼 숨 쉬고, 불처럼 타오르고, 바람처럼 떠도는 느낌이야. 끓어오르다가 폭발하면 어떡하지?

들   날이 찌뿌둥하지 않아서 광기가 발동할 일은 없을걸. 개도 잔뜩 흐리거나 비 올 때 산책하면 어쩔 줄 몰라 하지. 사람이나 개나 그 뿌리는 동물이니까 자연의 지배를 받는 거라고.

시옷   가슴이 뛰고, 어깨가 덥고, 얼굴이 화끈거리는 현상이 자연스러운 거라고?

들   눈감아. 이제 스스로 뭔갈 지어낼 타이밍이야. 상상은 경험에서 나오니까, 그때 그 잃어버린 시간을 떠올려봐.

시옷   보여, 그 옛날의 그 사람이.

들   그야, 그녀야?

시옷   그녀라고 할 수 있겠지.

들   어디쯤 있지?

시옷   지금은 멀리 있어.

들   그때 말야. 둘이 만났을 때.

시옷   바로 옆에 있었어.

들   누가 먼저 말을 했어?

시옷   내가.

들   뭐라고 했지?

시옷   심문하는 거야?

들   이건 고백이야. 하기 싫으면 안 해도 돼. 배우가 되려면 필수적으로 거치는 과정이고. 다른 것보다도 연애한 경험이 가장 자연스럽게 떠오르니까.

시옷   그건 연애가 아니었어.

들   그럼 뭐였지?

시옷	나의 일방적인, 일방적인!…

침묵.

시옷	지나간 일, 잊어버린 일을 왜 떠올리라는 거야? 집어치울래.
들	이 과정을 통과하지 못하면 누구도 널 믿지 않을 거야. 그 저 중독자로 취급할걸.
시옷	담배도 끊었는데.
들	어떻게?
시옷	이야기하자면 길어.
들	한마디로.
시옷	딱.
들	잘했어. 딱, 이라는 한마디에 그 힘들었던 시간이 떠오를 거야. 네가 담배를 끊는 역할을 맡았을 때, 끊는 게 쉽지 않을 땐 그 딱, 을 떠올리는 거야. 그러면 담배를 끊기 전 모든 과정이 줄줄 꼬치에 꿰어 나올 거야.
시옷	배우들은 머잖아 다 죽겠다.
들	사람은 다 죽지. 배우들은 오래 살 가능성이 많아. 맘속의 울화든 희열이든 꺼냈다가 넣었다가 하다 보면 힐링이 되 니까.
시옷	그 말 믿고 간다. 잘 가르쳐줘서 고마워. 넌, 나의 영원한 선생이야.
들	오늘 수업은 여기까지. 질문?

시옷　이 질문을 꼭 하고 싶어. 사적인 것도 괜찮아?

들　무슨 질문이든.

시옷　하나만 묻는다. 딱!

들　딱.

시옷　담배 피워?

사이.

들　겨우 그 질문이야?

시옷　딱, 하는 순간 모든 게 담배 끊은 경험으로 올인이 돼.

들　다른 질문은?

시옷　대답이나 해. 피워, 끊었어?

들　안 피워.

사이.

시옷　딱?

들　아니.

시옷　언제부터 안 피웠어?

들　한 가지만 묻는다며?

시옷　참!

들　이담에 봐. 안녕

시옷　안녕.

시옷, 나가려다 발에 차이는 담배꽁초를 주워든다. 이리저리 살피다가 불을 붙이고는 가만히 있다. 어둠 속에서 담배 불빛, 오래 반작인다. 시간의 변화도 공간의 변화도 없다. 불빛이 사라진다.

시옷   딱, 딱, 딱….

들   (소리) 모락모락 피어오를 거야. 경험이든 상상이든 내일 이야기든.

정적.

시옷   앗! 뜨거.

들, 나타난다.

시옷   빨간불인데!

급브레이크 밟는 소리.

들   난 괜찮아. 사람들이 조심해야지. 사고가 나면 좀 바빠져서 그렇지. 그것도 너만 괜찮으면 나야 별일 없으니까.

시옷   어제부터 넌 좀 이상해.

들   내가 이상하넌 네가 이상하난 얘긴네?

시옷   웃기지 마.

메아리.

시옷   또 시작이야. 새들이 내 말을 물어 나르나?

메아리.

시옷   지긋지긋해!

정적.

시옷   고요해, 사방이.

들   자기 목소리가 듣기 싫다면 그건 목소리가 안 좋단 얘긴데. 내 목소린 어때?

시옷   <u>으스스</u>해, 어제도 오늘도.

들   철컥철컥.

시옷   왜 말을 못하게 하니? (목에 걸고 있던 마스크 중 하나를 골라서 낀다)

들   입을 닫는 좋은 방법이야, 코가 길어지지 않게 조심만 하면.

시옷   조심한다고 그게 안 길어지나?

들   내가 검은 옷을 입고 있을 땐 반응이 없겠지. 네가 잘못한 게 많으니까 언제든 철컥철컥할 준비를 하긴 해, 내가.

시옷   제발 좀!

사이.

시옷   강가로 가야겠어.

들   여기가 강인데? 물소리 들어봐.

시옷   이건 실개천이잖아.

들   실개천을 따라가면 강이 나와. 지난번 그 계곡에서 굴렀
        을 때 내가 도와줬잖아?

시옷   이미 잊었어. 일일이 기억하다간 (목의 후두를 어루만지며) 이
        게 남아 있지 않을걸. 이게 뭔 줄 알아?

들   밥줄.

시옷   넌 왜 밥을 안 먹어?

들   배가 안 고파, 먹기도 싫고.

시옷   그래도 걱정돼. 먹기 싫어도 먹어, 맛있어서 먹는 때가 얼
        마 되나? 먹기 위해 살던 시절 말이야. 지금은 다 살기 위
        해 먹는 거야. 하긴 그렇게 많은 밥을 먹어왔으니 지겨울
        때도 됐지.

들   철컥철컥, 철컥철컥.

사이.

들   저물 때가 됐나? 저길 봐. 서산에 걸린 해.

시옷   해가 서쪽에 구름이 빌빌세 되면 안 좋은 일이 생긴다던데?

들   그런 걸 믿니?

시옷	천년 넘게 내려온 이야기니까.
들	자연은 천년만년 그대로 갈 것 같다가도 한 번씩 화를 내지. 나무도 뽑히고 돌도 부서지고.
시옷	내가 변할 땐 썩은 냄새가 나겠지.
들	너도 나도 변해서 세상천지가 부패한다고 상상해봐.
시옷	그래서 네가 나한테 왔구나.
들	나도 한때는 천지를 떠돌았지. 널 만나선 하나의 목표가 생겨서 좋아.
시옷	그때가 그립니?
들	가끔은. 소용없는 걸 알면서도 서산에 해가 질 때 구름이 희길 바라는 것과 같다고나 할까.
시옷	너답지 않은데? 네 말에선 늘 향기가 났는데.
들	처음 털어놓는 고민이야. 나라고 고민이 없겠어?
시옷	그럴 땐 어떻게 해결해? 무슨 걱정이든 사는 방법이든.
들	사는 방법이야 내 몫이 아니니까. 고민이나 걱정이 생기면 오래 안 해, 마음에 새겨두지도 않고.
시옷	그게 가능하다니? 가르쳐줄래?
들	실은 네 덕분에 알게 되었어, 네 궁둥이에 붙은 그걸 보고.
시옷	솔잎?
들	네가 솔잎을 붙혀 오다니, 그것도 궁둥이에다.
시옷	그래서?
들	마음을 달리 먹었어. 저게 솔잎이구나.
시옷	그러니까?

들	솔잎이 뽕잎이 되진 않아. 그녀의 궁둥이가 될 수도 없고.
시옷	넌 내게 주는 게 많아.

사이.

시옷	나도 뭔가를 주고 싶은데.
들	줄 수 있을 거야, 머잖아.
시옷	마음이 급한데.
들	그럴 필욘 없어. 기다릴게.
시옷	기다리기 싫어서 여기로 온 건데?
들	넌 한시도 가만있질 못하고 늘 찾아다녔지, 어딘가를….
시옷	아무것도 찾은 건 없어. (손을 털며) 손에 쥔 게 없다고!
들	그걸 생각하면 주고 싶어, 너한테,
시옷	너무 그렇게 생각하지 마. 네가 얼마나 많이 주는데. 자리에 눕기만 하면 주잖아? 어쩌다가 네가 오지 않는 날도 있지만, 손꼽아 봐도 며칠 안 돼. 첨엔 좀 싫더라, 네가 안 오면. 얄궂게도 네가 오는 날엔 내 몸이 아팠지. 차츰 길이 들더라. 넌 마법사야. 모든 걸 잊게 하는 힘이 있어. 네가 나란히 누울 땐 난 그저 행복했거든. 이젠 코피도 멎었어. 넌 그냥 좋아. 참말로. 내 짝으로 최고야.

칭칙.

시옷   그동안 말하는 연습, 많이 했어. 이제 내가 주고 싶어.

           정적.

시옷   지금 줄까?

           정적.

시옷   조금만 더 있다가?

           침묵.

시옷   중요한 말을 할 땐 꼭 입을 다물더라. 말해줘.

           사이.

들   가끔 이런 생각을 했어. 너랑 나란히 누워있을 때, 한 번씩 숨넘어가는 소릴 지를 때. 그만할까, 이 짓을 그만둘 때가 된 걸까? 난 아무 소릴 안 내는데 너 혼자서 꿈길을 가는지. 가도 가도 무슨 늪에 빠지는지 허우적거릴 땐 안쓰럽더라고. 나라는 존재가 부담되는 건가, 싫기도 해서 내가 먼저 덮칠까, 이런 생각도 했고. 근데 네가 소스라치게 놀라 날 남겨두고 아침마다 거길 갔지. 세수하고 샤워를 하고, 그럴 때마다 눈을 썼고….

사이.

들   계속 말해도 돼?

사이.

들   싫구나. 역시. 짧게 자주 이야기할 때가 나도 좋아. 한 번
씩 길게 말하면 네가 괴로워하더라고.

사이.

들   한마디만 더 하자.

사이.

들   해도 돼?

사이.

들   해? 말어?

침묵.

들   이런 이야긴 하기 싫어. 한 번씩 하고 싶지만 듣기도 전에
낯빛이 달라지니까. 미안해.

시옷   (퉁명하게) 그런 식으로 빠져나가지 마.

사이.

시옷   내가 그랬잖아, 말해주고 싶었다고!

사이.

시옷   나, 지금 진지해. 말 안 하곤 못 배길 것 같아.

사이.

시옷   모른 척하겠지. 오늘 밤에도 변죽만 울릴 거지? 내가 숨죽
이며 귀를 대고 있어도, 저 고개를 넘어갈 듯 말 듯 허공에
손을 저어도!

정적.

시옷   겉으로는 편하게 대하는 듯해도 넌 언제나 너만 안다고.

내가 중요한 일을 할 때 도움을 청해도 들은 척도 안 했고. 난 뒤척이며 밤을 새웠지, 숱한 날들을! 결별할 때가 온 거야. 헤어지자고, 남들처럼. 때가 됐어.

들　　과연 됐을까?

침묵.

들　　한 번쯤 소 잡는 걸 봐야 할 거고, 열두 번은 나랑 엎치락 뒤치락한 다음에 결심해도 늦지 않아. 아직은 결심이 물 러서 내가 먼저 헤어지자 해도 네가 못할 테니까.

정적.

들　　내 말 들었어?

사이.

들　　알았으면 자자.

사이.

들　　오늘은 닐 안아주고 싶어, 특별히.

사이.

들   거봐, 눈가의 미소. 낮엔 아무 일도 안 하다가 밤마다 시달
린 거지.

시옷   위로해줘서 고마워.

사이.

시옷   내가 한 말 기억해. 너한테 주고 싶어.

사이.

시옷   새가 들판에 주듯, 나무가 산에 주듯, 강이 바다에 주듯,
바다가 하늘에 주듯, 하늘이 땅에 주듯 미련 없이….

사이.

들   자자, 잠은 모든 걸 극복하니까.

시옷   들, 안아줘.

들, 시옷을 안아 자리에 눈다. 머리카락과, 뺨과, 가슴과, 온몸을
어루만진다. 검은 옷을 벗어 반쯤 덮어준다. 시옷의 코 고는 소리.
그 사이, 여러 길이 푸르게 변한다. 편안하게 들리는 물소리. 일렁

이는 강물. 말발굽 소리, 다가왔다가 멀어진다. 시옷과 들, 꿈결인 듯 강가를 거닌다.

시옷   우린 그 백마 때문에 가까워진 것 같아.
들   그런 말은 첨 들어.

사이.

시옷   한참 긴데 들어줄 거지?
들   (귀를 댄다)
시옷   도망쳤어.
들   누구한테서?
시옷   그녀한테서.
들   같이 산다는?
시옷   멋모를 때야. 갓 스물이었을 거야. 밤마다 싸웠지. 날 속였
        거든. 저는 그런 적 없대. 싸운 다음 날 또 싸웠어. (정수리를
        헤쳐 보이며) 실밥 보여? 초승달같이 꿰맨.
들   그걸 말해야 잊을 수 있을 거야.
시옷   같이 십 년을 살았나. 한날은 이러는 거야. 이 집 말야. 내
        게 아니야. 내가 받아쳤지. 그럼 누구 거야? 그 사람 거. 네
        거랬잖아? 그땐 그랬지. 그 사람이 누군데? 몰라. 누구냐
        니까. 알 필요 없어. 나, 간다? 넌 못 가. 간다고, 하곤 마구
        달렸지. 그가 따라오는 소릴 들었던가, 지나가는 바람 소

릴 들었던가. 숨이 차올라 주저앉아 쉬고 있었지. 온몸이 나른하고, 누군가 뒤척이는 소리가 들렸던가. 꿈결 같았지. 그렇게 심하게 싸운 적이 없었고 이제 다 살았다 싶어 내달린 곳이었는데….

들　　강이었구나. 물 흐르는 소리가 들린 걸 보면.

시옷　모래가 빗물처럼 튀는 느낌이 났어, 그 순간!

정적.

시옷　아기의 발바닥을 만지는 느낌이 그럴까? 아득히 먼 데서 들려오는 노랫소리 같기도 했고, 호리병을 들고 백수광부가 물 깊은 곳으로 드는 소리 같기도 한… 북소리가 들리고, 등이 환해지는 거였어!

말발굽 소리.

시옷　갈기가 휘날리고, 더운 콧김을 뿜어내며 다가오고 있었어. 따각따각, 따그닥따그닥… 눈 앞에는 색색이 피어오르는 연기, 바람의 손수건이 펄럭펄럭 내 손목을 감더니 몸이 붕 뜨는 느낌에 눈을 떠보니, 코앞에는 기수의 등이, 내 뺨에는 말총이 스친다 싶었는데, 난 강물 속으로 들어가고 있었어! (사이) 따듯했지.

들　　(흔들어 깨우며) 시옷, 정신 차려. 여긴 거기가 아냐. 넌 나랑 있는 거라고.

시옷   (혼몽한 눈길로) 그대로 좀 놔두지, 왜 깨워?

들   이런 이야기를 들으면서 지켜보기가 쉬운 줄 아니? 내가 가버리지 않은 게 다행인 줄 알아.

시옷   그 정도 얘기도 못 들어줄 거면 왜 데리고 왔어?

들   이런 데라도 안 오면 그게 사람이야?

시옷   이야기는 끝까지 들어줘야지.

사이.

시옷   듣기 싫구나. 첫사랑이 될지도 모를 사람의 과거니까.

들   그런 건 아냐. 다만, 다만….

시옷   알았어. 요점만 이야기할게. 흘려들으면 안 돼. 모든 이야기에는 뼈가 있으니까.

사이.

들   강물이 따듯했다는 데까지 이야기했어.

시옷   이야기하기가 좀 그래.

들   모든 이야기엔 뼈가 있다면서?

시옷   넌 좀 무서워. 비밀을 캐내는 것 같아서.

들   내가 좀 무서워. 네가 그걸 결심할 것 같아서.

시옷   (웃으며) 내가 무섭다고? 난 다른 사람이 무서워서 도저히 못 견딜 정도였는데. 그 말을 듣고 보니 되레 편안해. 안정을 되찾았어. 옛날의 나로 돌아온 거야. 이건 기적이야!

들 좋은 일이 있을 땐 그 전조로 늘 기적이 있었지. 기적 맞아. 그게 아니고선 설명할 길이 없어.

시옷 나도 그런 걸 느껴. 속에서 부글거려, 열정이든 거품이든.

들 (손을 내밀며) 악수.

시옷 (두 손으로 덥석 잡다가, 한 손을 슬그머니 빼며) 부드러워. 너무 부드러워서 꽉 잡으면 빠져들 것 같아.

들 이럴 땐 모른 척하고 빠지는 거야. 두 손으로 꽉 잡아야 도망을 안 가지. 한 손만 잡았다간 한 발을 빼고, 궁둥이까지 빼면 어디든 도망치더라고.

시옷 그 덕에 말도 보고, 기수도 만났다가 널 만난 게, 한 손만 잡은 공덕 아닌가?

들 싫어. 꽉 잡아.

시옷, 들의 손을 꽉 잡는다.

들 힘들었겠다. 치근덕거리며 거짓말하는 남편과 날마다 싸우면서 전투력을 키우는 것 말이야.

시옷 같이 산다는 게 그런 거라면….

사이.

시옷   우린 같이 살지 말자.

들   이렇게 오래 사귀었는데도?

시옷   내가 곁에 눕기만 해도 넌 도망치라고. 내 명령이야.

들   그걸 지키는 순간… 아냐, 아무 말 않을래. 네가 누구에게 빠질까 봐. 내가 빠져봐서 알거든. 네가 만약 내게 빠진다면….

사이.

들   그래도 괜찮다면… 중단할 수도 있으니까. (사이) 그렇게 생각 안 해?

시옷   (화가 치밀어) 그러니까 그 이야기나 들어보자고.

사이.

들   네가 해. 난 들을게. 그게 좋아.

시옷   이번엔 끊지 마, 내가 끊기 전엔.

정적.

시옷   (이야기가 술술 나온다) 둘이 살아보니까 알겠더라고. 살다 보면 아이가 생긴다는 걸. 그 아이가 자라고 또 다른 아이가 생기고, 자꾸자꾸 생기니까 겁나서, 자꾸 도망치게 되더라고. 한 명 남았어. 우리 딸. 멀리서 살아. 가끔 연락이 와. 내가 낳았으니까. 다른 배에서 나온 아이도 품어주는데, 그녀는 다른 배 아이들을 포대기 채로 디밀었어. 젖먹이 땐 내가 돌봤지. 지가 낳지도 않은 아이를. 아이가 날 엄마, 하는 순간 집을 나와야 했어. 내가 낳은 아이와. 어쩌다 보니 여기까지 왔고, 네가 있더라.

사이.

시옷   어떡해야 하지?

사이.

시옷   우리 말야.

사이.

시옷   아직 한 손밖에 안 잡았는데.

사이.

시옷   이러면 되겠다. 내가 하자는 대로 할 거지?
들   뭘 하고 싶은데?

시옷   일단 거기 가서 해.

들   어디?

시옷   찜질방.

        사이.

시옷   여태 딱 한 번 가봤는데, 가고 싶어.

들   화가 날 땐 거기가 좋다고들 하더라.

시옷   사는 일이 꼬이고 힘들 때 날 구해준 게 불맛이야. 그날 그
        걸 챙겨와야 해.

들   그게 뭐지?

시옷   수수께끼니까 맞춰 봐. (사이) 궁금해? 그럼 바로 가자.

들   밤이 돼야지.

시옷   가다 보면 밤이 돼. (일어서며) 이리 와.

들   그걸 챙겨오라 해놓고선?

시옷   내가 얻어놓은 게 있어. 어디든 갈 수 있는 그것.

들   가보자.

        들과 시옷, 나란히 손잡고 달린다. 스쳐지나가는 풍광. 어느 산자
        락에 있는 찜질방에 도착한다. 천장이 둥근 오두막 같은 곳에 들
        과 시옷, 옷을 갈아입고 들어간다.

시옷   어때?

들 화끈하네.

시옷 이런 게 불맛이야. 금세 얼굴이 달아올라.

들 난 익숙치가 않아서. 곧 적응하겠지?

시옷 적응? (울먹인다) 적응한다는 게 얼마나 힘든지 아니?

들 그야 그렇지. 적응 안 되는 건 하나뿐이니까.

시옷 내 말이 그 말이야. 그 하나를 생각했다니까. 지금은 아냐. 씻은 듯이 사라지고 있어. 불맛이 좋긴 좋아.

들 근데 왜 울어?

시옷 난 기쁠 때 눈물이 나와. 기쁨에 겨워 힘들었던 때가 떠오르거든.

들 눈물이란 게 그렇지. (시옷의 어깨를 감싸며) 울어, 실컷.

시옷 (엉엉 울며) 넌 달라! 내가 만난 사람 중에 네가 유일해. 울 때 울라고 말한 이는, 한두 사람 더 있었지만, 정작 내가 울면 입술부터 포갰어. 넌 울게 내버려두고 어깨만 감싸주니 얼마나 다행이야.

들 나도 뭔가 포개려고 했는데 안 할게. 어깨만 톡톡, 토닥토닥….

시옷 (희미하게 웃으며) 이 집 저 집 다니면서 살기도 그렇고… 실은, 아침에 집을 나왔거든. 이제 어딜 가지?

사이.

들 잠시 가만있어, 중요한 순간이니까.

사이.

들　　네가 모든 걸 결정할 필욘 없어. 내가 해줄게, 그걸 주면.

시옷　그게 뭐지? 생각할수록 미궁이야.

들　　나한테 오려면 그걸 줘야 해. 그게 유일한 열쇠야.

시옷　일종의 티켓?

들　　어쩌면.

시옷　속이 답답하다. 너무 더워.

들　　등 좀 봐. 땀이 축축해.

시옷　찜질은 땀으로 하는 거야. 소금방이 필요 없지. 다만 그게
　　　　 뭔지 알기만 하면….

들　　알 때가 있을 거야, 나도 그랬으니까.

시옷　참! 너도 빠져들었다 했지? 그 이야긴 끝난 거야?

들　　네가 끊었잖아?

시옷　언제?

들　　여기 오기 전에. 오지 않았으면 계속했지, 그 자리에서.

시옷　왜 여길 와 가지곤! 계속 들을걸.

들　　바로 그거야. 한 사람에겐 그것만큼 중요한 게 없겠지만
　　　　 많은 사람에겐 흔하니까.

시옷　괜찮아진 거야, 넌?

들　　차차 좋아지겠지.

사이.

시옷   너랑 이야기하다 보면 좀 이상해.

들   설마?

시옷   사람 잡는다며, 네가?

들   (시옷을 붙잡으며) 이렇게, 내가?

시옷   그때부터. 울먹울먹할 때 알았어야 하는 건데, 이럴 줄은….

들   어쩔 수 없을걸? 발을 뺀다고 될 일이 아냐. 결국엔….

시옷   (가슴에 손을 얹고) 펄떡거려, 이미 늦은 거야?

들   어떻게 되겠지, 다 잘될 거야.

시옷   그 말, 기억할게. 다 잘될 거다. 너도, 나도, 우리도….

들   그것이 사라질지라도!

사이.

들   어느 날부터 그 사람들이 사라졌지.

사이.

들   하나, 둘, 셋으론 안 돼. 신이 준 이 두 손으론 셀 수조차 없어.

사이.

들	너도 그럴걸, 그들처럼. 머잖아.
시옷	그 정돈 알아. 아무것도 모르고 깨춤을 추진 않아. 때가 되면, 오랫동안 준비해 왔으니까 알면서 기다리는 거지, 그들처럼.
들	넌 그들처럼 안 되려고 뛰쳐나왔잖아?
시옷	그녀에게서 달아났지, 죽어라고.
들	죽었다고 곡을 하고, 울고불고하던 날이 또 올까? 너무 차가워.
시옷	마지막 사람으로 남으려고 발버둥친 그마저 피가 차갑게 변했지.
들	그게 누군데?
시옷	(코를 치켜 올리며) 음마, 음마아, 음마아아아아.

정적.

시옷	여기서 밤샐 작정이야?
들	너만 괜찮다면?
시옷	사람들이 벗어둔 옷이 주렁주렁한데?
들	(비명) 내 옷! 난 옷을 걸어둔 줄 알았어.
시옷	우린 각자 사물함에 벗어두고 왔잖아? 저쪽에서, 내가 그랬듯 넌 이쪽에서.
들	다행이다. 주렁주렁 때문에 쫓기듯 살아서.
시옷	속옷이 어디 있던 우린 여기 있으니까!

들   여기서든 저기서든 우린 함께 있으니까!

시옷   잘 왔어, 나에게, 인사가 늦었지만.

들   너도 잘 왔어. 넌 도망쳐왔지만 이젠 그럴 수도 없을 테니.

시옷   울타리 생각이 나. 그걸 걷어내고 벗어났나 싶으면 그 속에 있고, 울타리를 타 넘어도 밖이 아니더라고. 그건 아무래도…. (들을 가리킨다)

들   나 때문이라고?

시옷   네 둘레를 한 발짝도 벗어나지 못했으니까!

들   맘대로 하고 싶다며, 뭐든! 울타리쯤이야 가볍게 넘을 수 있었잖아? 그게 나 때문이야?

시옷   네가 없었으면 울타리를 넘을 필요도 없었어. 넘으면 뭐해? 네가 있는데.

들   묘한 말이야. 그 말에 책임질 수 있어?

사이.

들   있다, 없다로 대답해.

사이.

들   내가 말해줄까?

시옷   있다.

사이.

들   기껏 물에 빠진 사람 건져줬더니 되레 원망하는 거야?

시옷   (무릎을 걷는다) 이렇게 당했어!

사이.

시옷   그녀가 날 밟았어. 뾰족 구둣발로. 옆에 웅크리고 있던 철망을 사정없이 밟은 거야.

들   그래서 이렇게, 철망이 튀면서 '촛대뼈'를 긁었구나.

시옷   병원에도 못 가, 창피해서.

들   가야지.

시옷   그분한테 갔지. 정성껏 치료해줬어. 앞으로도 한 달에 두 번씩, 언제까지나 치료를 하겠대. 줄 수밖에 없었어.

시옷   그래서 줬다고?

들   상처에 새살이 돋는 것보다 중요한 일은 없어.

사이.

들   알겠어. 넌 어디론가 갈 거지, 여태 그랬듯.

시옷   가봐야 알지.

들   혼자 될 거야?

시옷   그럴 수만 있다면.

들 갈 때 말해.

시옷 어디로 갈지는 나도 몰라. 어딜 가든 누군가가 나를 데리고 다녔으니. 이번에도 그럴 거야. 운이 따라야지.

들 운은 내가 좋았어. 널 만날 수 있었고, 너랑 찜질방에서 불맛도 봤고. 이제 좀 있으면…

사이.

들 그냥 갈 거야. 무정하게?

사이.

들 말이라도 따뜻하게 해줘, 그 입술로.

사이.

들 그 희디흰, (치아를 가리키며) 이로라도.

사이.

들 갈 테면 가. 네가 가도 섭섭지 않아. 언젠가 다시 만나겠지. 내가 여기에 없어도. (객석을 두루 가리키며, 울먹인다) 저 나무들은…

시옷   넌 그러지 않을 거야. 알 만큼 알 테니까. 내가 어딜 가든 넌 어디서든 있을 거고, 어쩌다 연락 없이 돌아왔을 때도 넌 언제나 있을 거니까. 네가 없는 곳엔 나도 없어. 네가 기다리지 않으면 내가 올 이유도 없지. 단지 내가 떠나는 이유는, 그 이유는….

말 울음소리.

시옷   들려, 저 소리?

정적.

시옷   툭 불거진 눈으로 사방을 한눈에 보는 존재, 잘 때조차 서 서 자는 그 엄청난 말을 타고 달리는 기수의 그 깃털 같은 몸! 나는 말에 빠져 기수에게 붙잡혔지, 오래전에도, 십일 년 전에도, 지금까지도.

말발굽 소리.

시옷   들려! 두근두근, 박차를 가하는 소리와 따그닥따그닥 혈 관이 팽팽해지는 소리, 지상에서 유일하게 빠져드는 소리 야. 저 소리가 들리면 달아나야 해. 붙잡히면 지난번과 같 이 망가질 거야. 이쪽 발도 저쪽 궁둥이에도 멍이 들 거야.

그 멍이 시퍼렇게 퍼지면….

가상의 말, 시옷을 들이받고 지나간다. 붕 떴다가 떨어지는 시옷.

들 시옷! 시옷! 나의 시옷!

들, 부축한다. 시옷, 꿈틀거린다.

들 괜찮아?
시옷 숨어 붙었는지 확인부터!

들, 시옷의 가슴에 귀를 댄다. 맥박을 짚는다.

시옷 (겨우) 그게 뛰어?
들 모르겠어.
시옷 꼬집어 봐.
들 어딜?
시옷 아무데나.
들 여기, 저기, 여기저기.
시옷 허벅지.

들, 자신의 허벅지를 꼬집는다.

시옷   거기 말고 네 것.

들, 시옷의 뺨을 꼬집는다.

들   아퍼?
시옷   아픈 것 같기도 하고 안 아픈 것 같기도 하고.
들   이때야, 빨리 줘.
시옷   가진 게 없는데?
들   그거, 수수께끼라고 한 거.
시옷   아하! 그게 어딨더라? (제 주머니를 뒤진다)
들   이번엔 어느 쪽이야. 상의?
시옷   하의.
들   없어. 등판?

들, 시옷의 옷을 벗겨 탈탈 턴다.

시옷   있어? 없어? 한 가지로 답해.

사이.

시옷   찾았어? 못 찾았어? 찾았구나.

사이.

들	내가 찾은 게 뭔지 가르쳐줄까?
시옷	응.
들	이미 말했어. 기억해 봐.
시옷	뭐더라, 너에게로 가는
들	열쇠.

사이.

들	그건 이미 나한테 있어.

사이.

시옷	열쇠를 네게 주면 어디론가 가버릴 거고, 난 네게로 갈 수 없으니까. 내가 지니고 있을 거야, 꽉.

사이.

들	(의미심장하게 웃으며) 이젠 내 거야. (열쇠를 흔들며) 넌 내 거라고!

사이.

들	난, 내 마음은….

시옷   네 마음은….

사이.

들   빨강이야.

시옷   빨강? 열쇠가?

들   그건 쇳덩이고, 이건 빨강이야.

시옷   쇳덩이가 녹슬면 빨갛게 되지.

들   그럴 시간이 없어. 내 마음은….

시옷   네 마음은….

들   빨갛다고!

침묵.

시옷   네 마음 알겠어, 알고말고.

시옷, 들이 쥐고 있는 열쇠를 뺏는다.

들   야! 시옷. 죽을 것 같더니만, 잘만 튀네.

들, 홀로 남아 서성인다. 멀리서 산 그림자 길어지고 들, 잠방이를 걷고 강물을 헤쳐간다. 갈수록 깊이 잠긴다.

들   어푸!

들, 버둥거리며 물을 헤어나오려고 애를 쓴다. 꼬르륵, 물이 들을 삼키는 소리. 한참 사이. 조명이 바뀌면, 강가에 천둥벌거숭이로 나앉은 시옷 – 한 손에는 고삐를 쥐고 있다 – 나른하게 몸을 말린다. 강이던 여러 갈래의 길이 제 모습으로 돌아가고, 곳곳에 나무 그늘이 드리워진다. 시옷, 겨우 일어서서 걷는다. 걸음걸이가 몹시 느리다.

시옷   (부른다) 어이, 따라오니?

메아리.

시옷   (부른다) 들, 어디쯤 왔니?

메아리.

시옷   오긴 오는 거니, 들?

정적.

시옷   안 오나 보네.

들, 시옷의 뒤쪽에서 나온다.

들　　나, 여기 있어. 왜?

들의 모습은 전과 같으나 그가 걸친 옷은 반짝이는 검은빛을 띤
다. 시옷은 목소리도 늙었고, 제스처에도 생기가 떨어지고 무척 야
위어 보인다.

시옷　　숨이 차. 가만있어도 조금씩, 아침저녁 샤워를 하면 머리
　　　　를 씻는 것조차 힘이 들어. 나이는 속일 수 없나 봐.
들　　그동안 치례한 병이 더께로 쌓여 몸에 힘을 빼는 거야. 언
　　　　젠가 내게 그랬지. 넌 왜 자꾸 빼냐고? 네 몸에 힘을 빼야
　　　　널 차지하니까. 널 내 품에 오롯이 안을 수 있으니까.
시옷　　거기서 빠져나온 게 시작이었어. 우리의 그곳에는 여자만
　　　　나왔지.
들　　여자 역으로 네가 나왔다고? 그 연극엔 여자가 없는데?
시옷　　기준을 갖다 대지 마. 난 어디든 가까이 가고 있어. 남자든
　　　　여자든 무슨 상관이야? 울타리도 뛰어넘었어, 여기까지
　　　　온 걸 생각하면 이런 게 기적이야 싶다니까.
들　　기적이지, 암. 내가 지칠 정도였으니까.
시옷　　넌 내가 돌아오길 기다렸니?
들　　돌아올 줄 알았어, 그때까진.
시옷　　그때가 지금이야?

들	아직은, 하나 빠트린 게 있어서.
시옷	그게 뭐지?
들	네가 잘 알 거야, 말 안 해도.
시옷	(포대기에서 솔잎을 꺼내) 이거?

사이.

시옷	받아.
들	괜찮을까?
시옷	이것 때문에 많은 일이 있었지.
들	나를 두고 가기도 했고, 다시 돌아와선 다시 밖으로 나가고, 기다리면 될걸, 찾아 헤매고.
시옷	언뜻언뜻 어른거렸던 그게 이렇게 올 줄은 몰랐어.
들	알면서 모른 척한 거겠지.
시옷	그럴지도 몰라. 네가 내 평생의 그것인 줄 알면서도 피해 다녔으니까.
들	다른 사람들도 그럴걸. (객석을 두루 가리키며) 저들에게 업힌 매미들도 한참 울다가도 찬 바람이 불면 내던져지지. 그럭저럭 때가 된 거야. 먼지를 털어. 밖에서 놀다가 집에 들어갈 땐 그렇게 하잖아. 문을 닫고 신을 벗으면 돌아올 수 없어.
시옷	당분간?
들	그렇게 믿는 게 좋겠지. 만물도 한순간에 있고 세상도 이

슬에 담기니까.

시옷 이만 털어낼까?

들 그렇게 해.

시옷, 옷에 묻은 먼지를 턴다.

들 햇살이 떨어지네. 물방울도 털고, 바람의 깃털도 날려 보내고. 먼지들이 눈부시게 빛나!

시옷 고마워! 여기까지 같이 와줘서.

들 넌 꼭 내 형제 같았는데, 친구 같기도, 애인 같기도, 아이 같기도, 탕자 같기도 했어. 이제 돌아왔으니 다 괜찮아.

들, 솔잎을 허공에 날린다. 시옷, 눈으로 그걸 좇으나 솔잎은 바닥에 떨어진다. 그 순간에 시옷, 몸에 반동을 주고 튕기듯 일어난다.

시옷 매미도 업어주고, 바람에 온몸을 흔들던 내가 이제야 포효한다. 맴맴! 차르르르르르르르. 휘이이잉, 휘이이이이이이이잉.

들 너도 모르게 다 해본 거야. 그래도, (객석을 두루 가리키며) 저들은 온몸이 눈이야. 혀이기도 하고. 귀이기도 해. 보고 맛보고 들을 거니까, 한번은 널 증명해 보여야지. 그것 때문에 걸음이 느려지고 목소리마저 힘이 빠졌으니. 그동안 간직한 그걸 너에게 줄게.

시옷, 발을 들어 발을 턴다. 들, 옷을 벗는다. 온몸이 백골이다. 한 송이 꽃을 꺼낸다.

들   늙으면 수피가 두꺼워져서 이런 게 필요할 거야. 입과 귀의 냄새를 삭혀야 하니까.

들, 꽃을 내민다. 시옷, 향기를 맡는다. 꽃을 받아든다.

들   잘했어! 이제 살 냄새가 옅어지고 너만의 향기가 날 거야.

시옷, 손을 떨다가 어깨를 흔들고, 머리를 흔들고 온몸을 흔든다.

들   그게 나오나 봐! 네게서도 그것이.

시옷, 움직임이 유연하다. 우주와 합일하는 듯한 리듬과 기운생동이 느껴진다. 발등에서 싹이 튼다. 손바닥에서 풀이 자란다.

들   핀다! 꽃이 핀다! 꽃이 피어난다.

시옷, 무아지경에 빠져 있다. 어깨에서 꽃이 핀다. 정수리에서 꽃이 무더기무더기 핀다. 온몸에서 꽃이 환하게 피어난다.

들   이제 내 차례야! 시옷, 너를 안을 때가 왔어.

들, 꽃의 향기를 맡으며 시옷의 둘레를 돈다. 검은 옷자락이 펄럭인다.

들   간다. 네 속으로 내가 스며든다. 넌 꽃을 피웠고 그 향기로 남았다. 나는 네 속으로 들어가 네 심장의 작동을 멈춘다. 하나, 둘, 셋….

시옷   (소 울음을 토한다) 음마! 음마! 음마아아아아아!

시옷의 울음이 메아리친다. 들, 시옷을 흰옷(검은 옷의 이면)으로 감싼다. 들, 그 속으로 든다. 옷이 펄럭인다. 소가 발버둥 치는 듯한 모습이다. 시옷의 몸에 핀 꽃이 무더기무더기 사방 벽면에 피어난다. 시옷과 들, 옷 속에서 꿈틀댄다. 흰 천이 점점 보랏빛이 되면서 움직임을 멎는다.

막.

한국 희곡 명작선 122

보라색 소

초판 1쇄 인쇄일   2022년 11월 1일
초판 1쇄 발행일   2022년 11월 7일

지 은 이   장창호
만 든 이   이정옥
만 든 곳   평민사
　　　　　서울시 은평구 수색로 340 〈202호〉
　　　　　전화 : 02) 375-8571 / 팩스 : 02) 375-8573
　　　　　http://blog.naver.com/pyung1976
　　　　　이메일   pyung1976@naver.com
등록번호   25100-2015-000102호
ISBN   978-89-7115-063-4   04800
　　　　　978-89-7115-663-6 (set)
정　　가   9,000원

이 책은 사단법인 한국극작가협회가 한국문화예술위원회의 2022년 제5회 극작엑스포
지원금을 받아 출간하였습니다.